베로나의 두 신사

셰익스피어학회 총서 022

베로나의 두 신사 The Two Gentlemen of Verona

윌리엄 셰익스피어 지음
오경심 옮김

도서출판 동인

발간사

　지금까지 셰익스피어 작품에 대한 번역은 끊임없이 다양한 동기에 의해 진행되어 왔다. 초창기 셰익스피어 작품 번역은 일본어 번역을 우리말로 옮기는 작업이었다. 일본이 서구에 대한 수용을 활발한 번역을 통해서 시도하였기 때문에 일본어를 공부한 한국 학자들이 번역을 하는 데 용이했던 까닭이었다. 하지만 이 경우는 문학적인 차원에서 서구 문학의 상징적 존재인 셰익스피어를 문학적으로 소개하는 것이 목적이어서 문어체를 바탕으로 문장의 내포된 의미를 부연하게 되어 매우 복잡하고 부자연스러운 번역이 주조를 이루었던 것이 문제가 되었다.

　그 다음 세대로서 영어에 능숙한 학자들이나 번역가들이 셰익스피어 번역에 참여하게 되었다. 셰익스피어 작품에 대한 수많은 주(note)를 참조하여 문학적 이해와 해석을 곁들인 번역은 작품의 깊이를 파악하는 데 많은 도움이 되었다고 볼 수 있다. 하지만 셰익스피어 작품을 무대에 올리는 배우들에게는 또 다른 문제가 생길 수밖에 없었다. 문학적 해석을 번역에 수용하는 문장은 구어체적인 생동감을 느낄 수 없었고, 호흡이 너무 길어 배우가 대사로 처리하기에 부적합하였다.

이런 문제점을 해결하기 위해서 번역가마다 각자 특별한 효과를 내도록 원서에서 느낄 수 있는 운율적 실험을 실시하기도 하였다. 그런 시도는 셰익스피어 번역에 새로운 분위기를 자아내었을 뿐 아니라 다양한 번역이 이루어져 나름의 의미가 있었다고 본다. 반면에 우리말을 영어식의 운율에 맞추는 식의 인위적 효과를 위해서 실험하는 것은 배우들이 대사 처리하기에 또 다른 부자연성을 느끼게 하였다.

한국에서 셰익스피어를 연구하는 학자들이 모이는 한국셰익스피어학회에서 셰익스피어 탄생 450주년을 기념하여 셰익스피어 전작에 대한 새로운 번역을 시도하기로 하였다. 우선 이번 번역은 셰익스피어 원서를 수준 높게 이해하는 학자들이 배우들의 무대 언어에 알맞은 번역을 한다는 점에서 차별성을 두고자 한다. 또한 신세대 학자들이 대거 참여하여 우리말을 현대적 감각에 맞게 구사하여 번역을 하자는 원칙을 정하였다.

시대가 바뀔 때마다 독자들의 언어가 달라지고 이에 부응하는 번역이 나와야 한다고 본다. 무대 위의 배우들과 현대 독자들의 언어감각에 맞는 번역이란 두 마리 토끼를 잡는 것은 그리 쉬운 일은 아니지만 매우 의미 있는 일일 것이다. 이번 한국셰익스피어학회가 공인하는 셰익스피어 전작 번역이 성공적으로 이루어지도록 뒷받침하는 도서출판 동인의 이성모 사장에게 심심한 감사의 뜻을 전하며 인문학의 부재의 시대에 새로운 인문학의 부활을 이루어내는 계기가 되리라 믿는다.

2014년 3월
한국셰익스피어학회 17대 회장 박정근

옮긴이의 글

『베로나의 두 신사』는 셰익스피어 희곡들 중에서 평가를 제일 못 받을 뿐만 아니라 인기도 제일 없는 희극작품이다. 따라서 셰익스피어의 고향인 스트랫포드 어폰 에이번에서뿐만 아니라 글로브 극장이 있는 런던에서도 공연의 기회를 갖는 경우가 드물다. 그러한 이유에서인지 우리나라에서 셰익스피어 주요 작품을 중심으로 번역이 이루어질 때, 『베로나의 두 신사』는 항상 목록에서 빠지게 된다. 『베로나의 두 신사』가 번역 목록에 들어가는 경우는 셰익스피어 작품 전체의 완역을 시도할 때뿐이다. 우리나라에서 셰익스피어 전작품의 완역은 돌아가신 김재남 선생님과 신정옥 선생님에 의해서만 이루어졌을 뿐이다. 두 선생님의 셰익스피어에 대한 깊은 사랑과 상상 불허의 노고로 1995년에 을지서적에서 『셰익스피어 전집』(김재남 역)이 출판되었고, 같은 해 『베로나의 두 신사』의 번역을 마지막으로 셰익스피어 희곡 전 작품 37권(신정옥 역)이 낱권으로 전예원에서 모두 출판되었다. 김재남 선생님과 신정옥 선생님에 이어 셰익스피어 학회는 2014년, 셰익스피어 탄생 450주년 기념사업으로 셰익스피어 희곡 전 작품의 완역을 기획한다.

『베로나의 두 신사』는 셰익스피어 생전에는 한 번도 공연된 적이 없었다. 18세기도 중반에 들어서야 겨우 공연의 기회를 얻게 된다. 그런데 아쉽게도 공연 텍스트로 셰익스피어 원작 대신에 벤자민 빅터에 의해 개작된 『베로나의 두 신사』가 사용된다. 개작된 작품에서 눈에 띄는 것은 모든 사건을 베로나에서 일어나게 한 것, 쟁점의 핵심이었던 발렌타인이 그의 애인 실비아를 프로테우스에게 주는 장면을 삭제한 것, 그리고 광대 랜스와 개 크랩이 연출하는 장면을 강화한 것이다. 이 장면을 강화한 것은 관객들이 광대 랜스와 개 크랩이 연출하는 특출하게 뛰어난 재치가 가득한 희극 장면을 좋아했기 때문이다. 이 작품을 번역하면서 가장 어려웠던 부분은 바로 랜스와 스피드 두 광대들의 신소리가 만들어내는 익살들이었다. 당대의 관객들이 사랑했던 익살들의 반짝거림을 살리는 일은 쉽지 않았다. 많은 시간을 투자하면서 애를 썼지만 지금도 제대로 익살의 분위기와 맛을 살려냈는지에 대해선 자신이 없다.

『베로나의 두 신사』를 번역할 때 유일의 텍스트인 제1 이절판에 충실하기 위하여, 의역보다는 직역을 원칙으로 하였다. 직역을 원칙으로 삼았지만, 공연을 전제로 한 희곡작품이라는 점을 고려하여 되도록 자연스러운 구어체로 옮기려고 노력하였다. 하지만, 역량부족으로 문어체가 매끄러운 구어체의 흐름을 막고 있는 경우도 허다하다. 번역 지침에서 역자들에게 요구하는 가장 중요한 사항은 번역할 때 공연을 전제로 해야 한다는 것이다. 이를 지키기 위해 작품 이해에 꼭 필요한 것만을 주석 처리하였다.

번역을 하면서 '번역은 반역이라는 말'이 절실히 다가왔다. 반역에 가까운 번역을 하고 있지 않나 우려하면서도, 『베로나의 두 신사』의 공연을 눈앞에 떠올려본다. 번역이 반역이 되는 것을 막기 위해, 혼자서 해결하기 어려운 대목을 만나면, 김재남 선생님의 『셰익스피어 전집』 중 「베로나의 두 신사」

와 신정옥 선생님의 『베로나의 두 신사』를 참조했음을 밝힌다. 마지막으로 『베로나의 두 신사』를 번역할 수 있게 기회를 주신 셰익스피어학회와 도서출판 동인에 진심으로 감사드리면서, 원고를 기꺼이 읽어준, 한영경과 이영복에게 감사의 뜻을 전한다.

2016년 4월
오경심

│ 차례 │

등장인물

공작 밀란의 공작. '실비아의 아버지'
실비아 그의 딸
프로테우스[1] 베로나의 신사
랜스 프로테우스의 하인으로 광대 역할
발렌타인[2] 베로나의 신사
스피드 발렌타인의 하인으로 광대 역할
서리오 우둔한 발렌타인의 경쟁자
안토니오 프로테우스 아버지
판티노 안토니오의 하인
줄리아 프로테우스의 연인
루세타 줄리아의 하녀
여관주인 줄리아가 머문 여관의 주인
에글래머 실비아가 도주할 때 동반한 신사
추방자들
기타 하인들, 악사들

---

1. 프로테우스는 그리스 신화에 등장하는 신으로 '알기 어려운 변화무쌍한 바다의 신', 때로는 '강의 신'으로 등장한다. 여기서 파생된 'protean'이라는 형용사는 '다방면의' '상호적' '융통성 있는' '많은 형태를 지닌'이라는 의미로 사용된다. 등장인물 프로테우스는 강의 신이나 바다의 신처럼 변화무쌍한 인물임을 짐작하게 한다.

2. 성 발렌타인은 로마시대에 성인이다. 성 발렌타인의 축일을 2월 14일로 정하고 그 날 축제를 벌인다. 이 축일이 11-13세기 이후 '궁정 사랑' 전통과 연관되면서 발렌타인데이에 여자들이 애인에게 선물을 보내는 관례가 생겼다. 셰익스피어가 등장인물 '발렌타인'에게 그 이름을 준 것은 '궁정 사랑'의 전형적 특징을 지닌 인물임을 암시하기 위함이다.

1막

1장

발렌타인과 프로테우스 등장

발렌타인 프로테우스, 제발 그만 설득하게. 집안에만

틀어박혀 있는 젊은이는 언제나 어리석은 생각밖에 못한다네.

사랑 때문에 자네 청춘이 귀여운 애인의

달콤한 눈짓에 묶여있지 않았더라면,

5 　집에서 아무 일도 하지 않고, 멍청하게 빈둥빈둥

젊음을 소비하느니, 밖의 세상의 경이로운

것들을 같이 보러가자고 내가 졸랐을 거야.

하지만 자네는 사랑에 빠졌어.

계속 사랑하여 결실을 맺도록 하게.

10 　사랑에 빠지면, 나도 그렇게 되겠지.

프로테우스 기어코 떠나려고? 그럼, 잘 가게, 발렌타인,

여행하다가 정말 진귀한 것을 보면,

이 프로테우스를 생각해주게.

그리고 자네에게 좋은 일이 생기면,

15 　그 기쁨을 같이 나눌 수 있기를 바라네. 자네가 위험할 경우,

혹시 자네가 위험에 빠질 경우엔,

자네의 고통을 나의 거룩한 기도에 맡겨주게.

자네를 위해 늘 기도할 거니까, 발렌타인.

발렌타인 연애 책에 손을 얹고, 자네가 내 성공을 빌어주겠다고?

프로테우스 아니, 내가 사랑하는 책에 걸고, 자네를 위해 기도할 걸세. 20

발렌타인 자네가 말하는 책은 심각한 사랑을 다루기는 해. 하지만 '젊은 리앤더가 헬레스폰트³를 어떻게 건넜는가' 같은 가벼운 이야기로 돼있지.

프로테우스 그렇지 않네, 그 책에서 다룬 사랑은 정말 깊어. 정말 깊은 사랑이야기야. 왜냐하면 린앤더는 사랑에 깊숙이 빠졌거든.⁴

밸렌타인 그건 그래. 왜냐하면 자네는 사랑에 빠졌지만, 25
한 번도 헬레스폰트를 수영해서 건넌 적이 없으니까.

프로테우스 사랑에 빠졌다고? 제발, 그런 식으로 나를 놀리지 말게.

발렌타인 미안, 안 그럴게. 그래봐야 자네에게 아무 도움도 안 되니까.

프로테우스 뭐가?

발렌타인 사랑에 빠진다는 거. 그건 신음소리로 경멸이나 사는 것,
땅 꺼져라 한숨을 쉬며, 거드름 피우는 표정이나 짓는 것, 30

---

3. 다르다넬스(Dardanelles) 해협의 고대 그리스 이름. 크리스토퍼 말로의 시 "Hero and Leander"에서 리앤더가 헤로를 만나기 위해 수영을 해서 건넜다는 해협이다. 헤로는 세스토스(Sestos) 해안의 탑에 거주하던 여사제로 아프로디테 여신을 모셨다. 세스토스에 살던 헤로는 아비도스(Abydos)에 사는 리앤더와 사랑에 빠진다. 그러나 세스토스와 아비도스 사이에는 다르다넬스 해협의 물줄기가 흐르고 있었기 때문에 리앤더는 밤마다 헤엄을 쳐서 바다를 건너야 했다. 헤로는 세스토스의 탑 위에 올라 등불을 켜서 연인에게 방향을 알려주었다. 둘은 그렇게 밤마다 밀회를 나누었다. 그 러던 어느 겨울밤에 폭풍이 불어와 등불이 꺼지는 바람에 리앤더는 방향을 잃고 높은 파도에 휩쓸려 바다에 빠져 죽고 말았다. 그의 시신은 파도에 밀려 세스토스로 떠내려 왔고, 그것을 본 헤로는 슬픔을 견디지 못하고 탑에서 뛰어내려 목숨을 끊었다고 한다.

4. 이 표현은 리앤더의 익사를 암시한다.

스무 밤 동안 잠도 못 이루고, 지루하고 지친 밤을 보낸 끝에,

순식간에 사라지는 쾌락을 얻는 것.

운 좋게 얻는다 해도, 그것으로 힘들어지는 것. 그것을 잃게 되면,

고통만 얻게 되는 것. 지혜가 있으면서도 바보짓을 하든가,

35   아니면 바보 짓 때문에 지혜가 사라지는 것, 둘 중 하나라네.

프로테우스 자네 논법에 의하면, 난 바보군.

발렌타인 상황으로 보아, 정말 그런 것 같은데.

프로테우스 자네는 사랑의 신을 생트집 잡고 있잖아. 난 사랑의 신이 아

니라네.

발렌타인 사랑의 신은 자네 주인이지. 자네를 좌지우지 하고 있으니까.

40   내 생각에, 우둔함의 굴레를 쓴 신을

지혜의 본보기로 삼으면 안 될 것 같네.

프로테우스 하지만 작가들은 이렇게 말한다네.

가장 어린 보드라운 꽃봉오리에, 갉아먹는 해충이 살고 있는 것처럼,

가장 현명한 지혜에, 마음을 갉아먹는 사랑이 살고 있다고.

45 **발렌타인** 그리고 작가들은 이렇게 말하지. 가장 철 이른 꽃봉오리가

피기도 전에, 해충에 갉아 먹히듯이,

미숙하고 미성숙한 지혜는, 사랑 때문에

무절제해진다고. 어린 싹이 마르면서,

한창 때의 신록을 잃어버리고, 미래의 희망들인

50   아름다운 결실을 놓치는 것처럼.

그런데 내가 왜 어리석은 욕망의 숭배자인

자네를 설득하려 하면서 시간을 낭비하고 있는 거지?

잘 있게. 선착장에서 아버님께서

내가 배 타는 것을 보려고 기다리고 계셔.

프로테우스 발렌타인, 거기까지 바래다줄게. 55

발렌타인 프로테우스, 아니야. 이제 우리 헤어지세.

내가 없는 동안 여기서 벌어진

일들과 자네 사랑의 진척에

대해 밀라노로 편지를 쓰게.

나도 자네에게 편지를 쓰겠네. 60

프로테우스 밀라노에서 행운이란 행운은 모두 자네에게 찾아오기를 바라네.

발렌타인 그런 행운이 고향에 있는 자네에게도 찾아오기를! 잘 있게.

퇴장

프로테우스 그는 명예를 좇고, 나는 사랑을 좇는구나.

그는 집안의 명예를 더하기 위해 일가와 헤어지고,

난 사랑을 위해, 나 자신 그리고 일가 모두를 버리는구나. 65

줄리아, 당신은 나를 완전히 다른 사람으로 만들어버렸어.

학문에도 게으르게 만들었고, 시간도 헛되게 낭비하게 했어.

좋은 충고를 거역하게 만들고, 세상을 무가치한 것으로 만들어버렸어.

망상에 빠져 지혜가 힘을 못 쓰게 만들고, 시름으로 가슴을 아프게

만들었지.

스피드 등장

⁷⁰ **스피드** 프로테우스 나리, 안녕하세요! 우리 쥔님을 보셨어요?

프로테우스 방금 전에 밀란 행 배를 타러 떠났다.

스피드 그럼 십중팔구 벌써 배(ship)를 타셨겠네요.

쥔님을 잃어버렸으니, 전 양(sheep) 신세가 되었네요.

⁷⁵ **프로테우스** 그러네. 목동이 잠시 한눈만 팔아도,

양들이란 곧잘 길을 잃어버리니까.

스피드 제 쥔님이 목동이고, 소인은 양이라는 말씀이신가요?

프로테우스 그런 말이네.

스피드 그렇다면 자나 깨나, 소인의 뿔이 쥔님의 뿔이 되는 거네요.⁵

⁸⁰ **프로테우스** 멍청스럽게 대꾸를 하긴. 정말 양답다.

스피드 그러면 소인은 양이네요.

프로테우스 맞아, 네 쥔은 목동이고.

스피드 그렇지 않아요. 논법으로 반박할 수 있어요.

프로테우스 그렇게는 안 될 거다. 다른 식으로 나도 내 주장을 펼 거니까.

⁸⁵ **스피드** 목동은 양을 찾지만, 양은 목동을 찾지 않아요. 그런데 소인은 쥔님을 찾고 있어요. 제 쥔님이 소인을 안 찾는데도. 그러니까 소인은 양이 아니에요.

프로테우스 양은 꼴을 먹으려고 목동을 쫓아다니지만, 목동은 끼니 때문에 양을 쫓아다니진 않아. 품삯을 받으려고 너는 네 쥔을 쫓아다니지만, 품삯을 줘야하는 네 쥔은 너를 쫓아다니지 않는다는 거지.

⁹⁰ 그러니까 너는 양이란 말이다.

---

5. 바람낸 아내를 둔 남자는 머리에 뿔이 난다고 한다. 자신의 주인님이 '오쟁이 진 남편'이 될지 모른다고 농담하는 것이다.

스피드 그런 식의 논법으로 또 말씀하시면, 전 '매애'[6]하고 울겠습니다.

프로테우스 그건 그렇고, 얘, 내 편지를 줄리아 아가씨에게 전했니?

스피드 그럼요. 쥔 잃은 양인, 소인이 나리님 편지를
레이스로 치장한 양[7]한테 쫓아가서 전했더니.
레이스로 치장한 양은, 쥔 잃은 양한테   95
수고 값으로 아무것도 안 주더라고요.

프로테테우스 목초지로는 양들에겐 너무 협소하지만, 받아둬라.

스피드 양들이 너무 우글대면 남아도는 양들을 죽여버리는 게 최선입니다.[8]

프로테우스 그렇지 않아, 주인을 잃어버린 경우는, 우리(파운드)[9]에 가두
는 게 최선이다.

스피드 아닙니다, 나리, 편지를 전하겠습니다. 일 파운드까지도 주실   100
필요 없습니다.

프로테우스 넌 오해하고 있어. 돈을 말한 게 아니다. 우리, 그러니까 가
축우리(pinfold)[10]를 말한 거야.

스피드 1파운드가 푼돈으로 졸아들다니? 푼돈을 여러 배 준다 해도,
나리 애인에게 편지를 전달한 수고 값으로는 너무 약소합니다.

프로테우스 그런데 그녀가 뭐라고 하더냐?   105

스피드 [끄덕인다.] 예.

---

6. 양이 우는 소리 'baa'를 pun으로 사용하였다. 양 울음소리로 '매애'하면서 실제로는
'흥(bah)'하고 비웃는다.

7. 창녀.

8. '성관계를 갖다'라는 의미를 함축한다.

9. pound를 '돈'인 동시 '우리(길 잃은 가축을 가두는)'의 이중의 뜻으로 사용한다.

10. 스피드는 프로테우스가 가축우리 'pinfold'라 말한 것을 'pin'(푼돈)으로 알아듣는다.

프로테우스 끄덕이고(nod)나서 예(aye)라니? 그건 '얼간이''¹란 말인데.

스피드 나리, 잘못 알아 들으셨어요. 그녀가 끄덕였다고 말씀드린 거예요.

끄덕였냐고 물으셔서 '예'라고 답한 겁니다.

110 **프로테우스** 그러니까 두 단어를 합치면 '얼간이'란 말이 되잖아.

스피드 합치는 수고를 나리께서 했으니,

수고의 대가로 얼간이란 칭호를 받으셔야 합니다.

프로테우스 아니, 아니 편지를 가져간¹² 대가로 얼간이란 칭호를 네가 받

아야 해.

스피드 저, 저는 참고, 흔쾌히 나리의 칭호를 받을 수밖에 없네요.

115 **프로테우스** 저런, 참으신다고, 무엇을 참으신다는 거지?

스피드 아니, 나리, 편지를 전달해준 수고 값으로 겨우 '얼간이'란

말만 들었잖아요.

프로테우스 빌어먹을, 그런데 넌 정말 머리가 정말 잘 돈다.

스피드 그런데, 나리님이 한수 위예요. 지갑 열면서 꾸물대는 면에서는요.

120 **프로테우스** 자, 자, 요점을 말해봐. 아가씨가 뭐라고 말했다고?

스피드 지갑을 여세요. 수고비가 전달되는 순간

내용을 전달해드릴 테니까요.

프로테우스 [동전을 준다.] 어, 나리, 수고비 여기 있습니다.

그녀가 무어라고 말했냐?

125 **스피드** [동전을 살핀 후 불만을 나타낸다.] 정말,

---

11. 'nod'와 'ay'가 합해지면 '얼간이'라는 뜻을 지닌 단어 'noddy'가 된다고 프로테우
스는 생각한다.

12. 'bear'를 '지니다'의 뜻과 '참다'의 이중의 뜻으로 사용한다.

나리께선 그녀의 마음을 얻기 힘드실 것 같네요.

프로테우스 저런, 그렇게나 엄청난 것을 느낄 수 있었어?

스피드 나리, 아무것도 느낄 수 없었습니다.

정말이에요. 나리의 편지를 전한 수고비로 한 푼도 못 받았거든요.

나리의 마음을 전한 저에게 몹시굴었으니까요. 130

심정을 털어놓으셔도 나리께도 몹시굴까 봐 걱정되네요.

그녀에겐 선물 대신 돌덩어리를 주셔야 해요. 철만큼 무정하니까요.

프로테우스 도대체 뭐라 했냐고? 아무 말도 안 했냐?

스피드 예, '여기 수고비 있다'라고조차도 안했어요. 감사합니다,

나리. 나리께서는 손이 크다는 걸 입증하려고 저에게 몇 푼이라도 135

주셨으니까요.

그것에 대한 보답으로, 이제부터 나리께서 직접 편지를 전달하셔

야겠네요.

나리, 쥔님께 나리 안부를 전해 드리겠습니다.

퇴장

프로테우스 올라 타, 타거라, 타고 꺼져버려라. 그래야 배가 난파를 면하지.

넌, 육지에서 교수형을 당할 운명을 타고 났으니까,

네가 탄 배는 난파당할 리 없어. 140

앞으로 줄리아한테 똘똘한 놈을 보내야겠다.

저런 얼간이한테 편지를 받았으니,

내 편지들을 얕잡아 봤을 거야.

퇴장

2장

줄리아와 루세타 등장

줄리아 그런데 말해봐, 루세타야! 우리 둘뿐인데,

　　　넌 내가 사랑에 빠졌으면 하니?

루세타 그럼요, 아가씨, 그래야 성급하게 엉뚱한 남자에게 걸려들지 않아요.

줄리아 매일 나와 담소를 나누려고 오는

5　　　많은 신사분들 중

　　　누가 제일 사랑할 만하다고 넌 생각하니?

루세타 그분들 이름을 쭉 대보세요.

　　　어리석고 천박한 소견이긴 하지만, 제 생각을 얘기해볼 테니까요.

줄리아 얼굴이 희멀건 에글래머 경은 어떠니?

10　**루세타** 말씨가 점잖고, 품격 있는 멋진 기사님이세요.

　　　그런데 저라면, 절대로 그분을 택하지 않겠어요.

줄리아 그러면 부자 메르카티오는?

루세타 그분의 재산은 탐나죠. 하지만 사람 자체는 그저 그래요.

줄리아 가문이 좋은 프로테우스 님은 어떻게 생각하니?

15　**루세타** 오, 오, 인간이란 얼마나 어리석은지!

줄리아 어찌된 거야, 그분 이름이 나오자마자 왜 이렇게 요란을 떠는 거니?

루세타 용서하세요, 아가씨, 저 같이 천한 것이,

　　　이런 식으로 멋진 신사분들을

평하는 건 정말 염치없는 짓이거든요.

줄리아 다른 분들처럼, 왜 프로테우스 님은 평하지 않니?   20

루세타 이유는 이래요. 여러 훌륭한 분들 중에서 그분이 최고거든요.

줄리아 네 논리는?

루세타 당치도 않은 논리가 있을 뿐이에요.

그분을 그렇게 생각하니까 그렇게 생각하는 거뿐이에요.

줄리아 내가 그분에게 사랑을 바쳐도 괜찮다는 거니?   25

루세타 네. 아가씨의 열정을 허비하지 않으시려면요.

줄리아 어쩌나, 그분은 내 마음을 한 번도 설레게 한 적이 없는데.

루세타 하지만 그분이 아가씨를 제일 사랑해요.

줄리아 그분이 말수가 적은 건 그의 사랑이 별 볼일 없기 때문이야.

루세타 꼭 갇혀있는 불이 가장 세게 타올라요.   30

줄리아 사랑을 나타내지 않는 사람은 사랑을 하지 않는 거야.

루세타 아, 남에게 보이는 사랑은 정말 사랑하는 게

아니에요.

줄리아 그분의 마음을 알 수 있었으면.

루세타 [편지를 준다.] 아가씨 이 편지를 잘 읽어보세요.

줄리아 [읽는다.] '줄리아에게' [루세타에게] 말해봐, 누구한테서 온 거지?   35

루세타 읽으면 알게 되실 텐데요.

줄리아 말해, 말해봐. 누가 너한테 줬지?

루세타 발렌타인 경의 시종이요. 프로테우스 경이 심부름을 보냈나 봐요.

아가씨한테 편지를 직접 드리려고 했는데, 마침 제가 그곳에 있어서,

아가씨 대신 받았어요. 제발 주제넘음을 용서해주세요.   40

줄리아 어머나, 내가 얌전하니까, 대단하게 중개인 노릇까지 하네!

네가 감히 주제넘게 연애편지를 받은 거냐?

젊은 나에게 속닥거려 일을 꾸미려는 거냐?

참, 활약이 대단하구나!

너한테 정말 잘 어울린다. 자, 편지를 받아라, 확실히 돌려줘라.

돌려주지 못하면, 내 눈 앞에 다시 얼씬거리지도 말거라.

루세타 사랑을 위해 호소했다면 미움보다는 사례를 받아야 해요.

줄리아 썩 물러나지 못하겠니?

루세타 곰곰이 생각해보셨으면 해요.

퇴장

줄리아 편지를 한번 읽어봤어야 하는데.

루세타를 다시 부르면 창피하겠지.

그래도 내가 빌어야 해, 야단치는 실수를 범했으니.

걔는 정말 바보야, 내가 처녀라는 걸 알고 있잖아.

그러면 억지로 편지를 읽으라고 하지 말았어야지.

처녀들은, 수줍어서, '아니야'라고 답을 하지.

그러면서 상대방이 '네'라고 해석해주기를 바라거든.

체, 체! 이런 식의 어리석은 사랑은 정말 변덕스러워.

유모를 할퀴고는 금세 미안해하면서, 순순히 벌을 받는

투정부리는 아기와 똑같아

오히려 내가 나서서 루세타를 이곳으로 불러야 할 때,

얼마나 철딱서니 없이 야단을 쳤는지!

속으로 기뻐서 웃음이 터져나올 판에,

내 눈썹을 찡그리면서 화를 펄펄 냈는지.
속죄하는 길은 루세타를 돌아오게 해서,
내가 한 미친 짓에 대해 용서를 구하는 거야.
얘! 루세타야!

루세타 등장

루세타 부르셨어요, 아가씨?

줄리아 식사시간이 다 됐니?

루세타 그랬으면 좋겠네요. 아가씨가 음식을 배불리 잡수시면
하녀를 잡지는 않으실 테니까요.

편지를 떨어뜨렸다가 줍는다.

줄리아 무엇을 그렇게 조심스럽게 줍니?

루세타 아무것도 아니에요.

줄리아 그런데 왜 허리를 구부렸니?

루세타 떨어뜨린 편지를 주우려고요.

줄리아 편지가 아무것도 아니냐?

루세타 저한테는 아무것도 아니에요.

줄리아 그러면 그냥 내버려두어라. 관련된 사람이 줍게.

루세타 아가씨, 편지는 거짓말하지 않아요,
당사자가 해석을 잘못하지만 않으면요.

줄리아 너를 사랑하는 사람이 운까지 맞춰 써 보냈구나.

루세타 아가씨, 제가 곡조를 붙여 노래할 수도 있어요.

65

70

75

저한테 음보를 주세요, 아가씨가 붙일 수 있거든요.

80 **줄리아** 그런 하찮은 일엔 관심이 없다.

'사랑의 빛'이라는 곡조로 부르는 게 최고겠다.

루세타 그런 가벼운 곡조엔 가사가 너무 무거운데요.

줄리아 무겁다고? 후렴이 붙어있나 봐?

루세타 그래도, 노래는 아름다울 수 있어요, 아가씨가 부르신다며.

줄리아 왜 네가 부르지 그러니?

85 **루세타** 전 그렇게 높이 올라갈 수 없어요.

줄리아 네 노래를 한번 보자.

루세타는 편지를 뒤로 감춘다.

감히, 이 계집애가!

그녀를 협박한다.

루세타 그런 식으로 계속 부르세요. 그래야 끝까지 부르실 수 있을 거예요.

그런데 전 이 곡조가 별로 좋지 않아요.

줄리아 좋지 않다고?

루세타 네, 너무 날카롭거든요.

90 **줄리아** 계집애, 너, 너무 건방지다.

루세타 그런데, 지금 아가씨는 너무 낮게 부르세요.[13]

그러다가 날카롭게 높게 부르시니 화음을 다 망친답니다.

---

13. '낮게'로 해석된 단어 'flat'은 '솔직하다'라는 의미가 있다.

아가씨가 제대로 노래를 하려면, 중음[14]이 꼭 필요하단 말씀이에요.

루세타가 편지를 준다.

줄리아 제멋대로인 너의 저음에 중음이 완전 묻혀버렸잖아.
루세타 사실, 프로테우스 님을 위해 저음을 사용한 거예요.   95
줄리아 그런 식의 조잘거림은 나한테는 통하지 않아.

편지를 들여다본다.

사랑을 약속하는 데 이리 법석을 떨지!

줄리아는 편지를 갈기갈기 찢는다. 루세타는 그것들을 주우려 한다.

자, 썩 꺼져, 찢어진 조각들은 내버려두고.
그것들을 주우면, 내 화만 돋우게 될 거야.
루세타 [방백으로] 일부러 무관심한 척 하시네.   100
편지를 또 받아도 화를 또 몹시 내시겠지.

퇴장

줄리아 참말로, 또 한 장 받아서, 이렇게 화를 좀 내봤으면.
오 밉살스러운 손, 이렇게 애정 어린 말들을 찢어버리다니!

---

14. 'mean'은 '중음'과 '남자'의 이중 뜻을 가진 것으로 사용, 표면적으로는 화음에서
'중음'의 뜻으로 사용하면서 실제로는 'man'을 암시하게 한다. 'man'은 프로테우
스를 말한다.

해만 끼치는 말벌[15]들 같으니, 꿀벌들이 만드는 달콤한 꿀을 먹고
살면서, 침으로 꿀벌을 쏘아 죽이다니!
개심하기 위해서 이 찢어진 편지 조각에 입을 맞춰야겠다.
[편지 조각들을 주워 모은다.]
어, 여기 '상냥한 줄리아'라 쓰여 있네. 상냥하긴 매정하지!
네 배은망덕에 앙갚음 하듯이
네 이름을 모욕적으로 짓밟은 후,
돌에 내동댕이쳐 난장질해야지!
여기 '사랑에 상처 입은 프로테우스'라 쓰여 있네.
가엾게도 상처 입은 이름이여, 내 품을 침대 삼아 당신의 상처가
완전히 나을 때까지 머무르세요.
그러면 영험한 입맞춤으로 상처를 씻어줄게요.
어, '프로테우스'라고 적힌 쪽지들이 여기도 있고, 저기도 있네.
친절한 바람아, 불지 말거라. 한 자도 날아가지 않게
제발 불지 말아다오.
내 이름자는 빼고, 편지에 적힌 글자 하나, 하나 모두 찾을 때까지,
회오리바람이 울퉁불퉁하고 무시무시한
절벽으로 내 이름을 싣고 가, 사나운 바다에 내동댕이치렴.
어머, 여기엔 한 줄에 그의 이름이 두 번이나 쓰여 있네.
'불쌍하게, 버림받은 프로테우스, 비탄에 잠긴 프로테우스가
예쁜 줄리아에게.' 내 이름은 찢어버려야지.
아니야, 그러지 말아야지. 탄식하는 그분의 이름과

---

15. 말벌들은 손가락을 지칭한다.

아주 예쁘게 한 쌍을 이루고 있으니까.   ¹²⁵

이렇게 접어서 내 이름을 그분 이름 위에다 포개야지.

키스하든지, 껴안든지, 아니면 싸우든지, 마음대로 해.

루세타 등장

루세타 아가씨!

식사 준비됐어요. 아버님께서 기다리고 계세요.

줄리아 그래, 가자.   ¹³⁰

루세타 맙소사, 이 편지 쪽지들을 여기 그대로 두실 거예요, 소문이 나라고요?

줄리아 그게 걱정되는구나. 네가 주우면 제일 좋지.

루세타 안 주울 거예요. 그러다가 꾸중 들을 수도 있거든요.

그런데 감기 걸릴까 봐, 여기 내버려두지 못하겠어요.

편지 쪽지들을 줍는다.

줄리아 넌 그것들을 좋아하는구나.   ¹³⁵

루세타 네, 아가씨. 아가씨가 본 걸 말해도 좋아요.

저도 다 보고 있거든요, 제가 눈을 감고 있는 줄 아시지만.

줄리아 가자, 제발. 가지 않을 거니?

둘이 퇴장

3장

안토니오와 판티노 등장

안토니오 판티노야, 내 아우가 수도원에서 너를 붙잡고

무슨 심각한 이야기를 했는지 말해줄래?

판티노 쥔님 동생분의 조카분이신 우리 도련님에 대해 얘기했습니다.

안토니오 아니, 내 아들이 어쨌다는 거냐?

판티노 쥔님께서 아드님을

5   집에 붙들어 놓고 허송세월을 보내게 하지 않나 걱정하시더라고요.

지체가 낮은 사람들 중 아들들을 출세시키려고

바깥세상으로 내보내는가 하면,

아들들을 전쟁터로 내 보내서 운명을 시험해보는 사람들도 있고,

멀리 떨어진 섬들을 발견하게 하는 사람들이 있는가 하면,

10   학문을 위해 대학에 보내는 사람들도 있다 하시면서요.

이 중 어떤 것도, 아니 이 전부를

잘 해낼 수 있으니까, 도련님이

더 이상 집에서 세월을 허송하지 않도록

나리께 말씀을 잘 드리라고 저한테 간청하셨습니다.

15   젊어 여행 경험이 없으면

늙어 크게 업신여김을 당할 거라 하셨어요.

안토니오 그 일 같으면 성가시게 부탁할 필요 없다.

이 달 내내 골똘히 생각하고 있었거든.

요즘 내 아들이 허송세월을 보내고 있다는 것을 잘 알고 있다.

그리고 세상에 나가서 시련을 겪지도 경험으로 배우지도 않으면서 20

어떻게 내 아들이 완전한 사람이 될 수 있을까를 고민하고 있었단다.

경험을 쌓으려면 부지런해야 하고

성숙하려면 화살 같은 시간의 흐름이 필요하단다.

내 아들을 어디로 보내는 게 가장 좋겠니?

판티노 도련님의 친구 발렌타인 도련님이 25

궁전에서 영주님의 시중을 들고 있다는 것을

나리께서도 모르지 않으십니다.

안토니오 그래 나도 잘 알고 있다.

판티노 도련님을 그곳으로 보내시는 게 좋을 것 같습니다.

거기선 도련님이 창 시합과 마상 시합을 하게 될 거예요, 30

좋은 담화도 귀담아 들을 수 있고, 귀족들과 대화도 나눌 수 있어요.

그리고 젊고 고귀한 가문 출신의 젊은이에게 필요한 모든 관행을

보게 될 거예요.

안토니오 네 의견이 마음에 든다. 정말 훌륭한 충고야.

내가 얼마나 마음에 들어하는지 네가 알 수 있게, 35

곧 실행에 옮겨야겠다.

최대한 빠르게

아들을 영주님의 궁전으로 보낼 거다.

판티노 황송한 말씀이오나, 내일, 돈 알폰소 님께서

지체 높은 다른 신사분들과 함께, 40

영주님을 알현하고 충성을 맹세하기 위해

그곳으로 떠나신답니다.

안토니오 훌륭한 일행이군. 그분들과 함께 프로테우스를 보낼 거다.

프로테우스 등장

마침 잘됐다! 아들에게 얘기를 꺼내야겠나.

45　**프로테우스** [편지를 생각하면서] 달콤한 그대, 달콤한 편지, 달콤한 인생!

여기 그녀의 손으로 그녀의 마음을 전달하고,

여기 사랑의 맹세로 그녀의 순결을 서약하네.

우리 행복이 맺어질 수 있도록 우리 아버님들이

기꺼이 성원해주면 얼마나 좋을까!

50　천상의 줄리아!

안토니오 어쩐 일이냐? 거기서 무슨 편지를 읽고 있는 거니?

프로테우스 저 아버님, 발렌타인이 안부 편지로

한두 마디 보냈습니다. 거기서

친구 편에 보냈어요.

55　**안토니오** 편지 좀 보자꾸나. 소식을 알고 싶구나.

프로테우스 아버님, 새로운 소식은 없습니다. 얼마나 행복하게

살고 있는지, 영주님께 얼마나 총애를 받는지,

그리고 매일 매일 은혜를 받는지 등을 전하고 있어요.

저에게 자신이 누리는 행운을 나누어주고 싶어 하네요.

60　**안토니오** 그 아이의 소망을 너는 어떻게 생각하니?

프로테우스 저의 모든 것은 아버님의 뜻에 달려있습니다.

친구의 소망 따위엔 좌지우지 되지 않습니다.

안토니오 그의 소망과 내 뜻은 거의 일치하는구나.

갑자기 일을 이런 식으로 처리한다고 생각하지 말거라.

내가 작정한 것을 실행하는 것뿐이다.   65

너를 영주님의 궁전에 보내 발렌티누스[16]와

시간을 보내게 하기로 결정했다.

걔가 일가친척한테 생활비를 받고 있는 만큼

너한테 용돈으로 보내주겠다.

내일 떠나도록 해라.   70

핑계는 안 통한다. 이미 나는 결정했으니까.

프로테우스 아버님 그렇게 급히 준비할 수는 없습니다.

하루나 이틀 여유를 주세요.

안토니오 얘, 네가 필요한 건 무엇이든 보내줄게.

지체는 안 된다. 내일 꼭 떠나야만 해.   75

판티노야. 프로테우스가 빨리 떠날 수 있도록

도와주어라.

안토니오와 판티노 퇴장

프로테우스 화상 입을까 봐 두려워 불을 피했더니

바다에 완전히 빠져 익사하게 생겼네.

내 사랑 줄리아에게 반감을 품으실까 봐,   80

---

16. 발렌타인을 라틴어 남성형으로 부르면 발렌티누스(Valentinus)이다.

그녀의 편지를 아버님께 보여주는 게 두려웠어.

아버님은 내가 댄 변명을 항상 유리하게 이용해

내 연애를 방해하는 작전을 펴곤 하셨지.

아, 이런 식의 사랑의 봄은 변덕스럽게 찬란한

4월 날씨와 정말로 닮았어.

태양이 아름다움을 방금 자랑하다가도,

잠시 후 한 점의 구름이 그것을 빼앗아버리는 4월 날씨와.

판티노 등장

판티노 프로테우스 도련님, 아버님께서 부르십니다.

급하신가 봅니다. 그러니 제발 가보십시오.

프로테우스 그럼, 그래야지. 자식의 도리로서 아버지께 복종해야지.

그런데 마음은 천 번 만 번 "아니"라 하네.

퇴장

2막

1장

발렌타인과 스피드 등장

스피드 쥔님, 여기 장갑이요!

발렌타인 내 게 아니야. 난 장갑을 끼고 있거든.

스피드 어쩜 쥔님 것일 수도 있어요. 한 짝뿐이거든요.

발렌타인 음, 보자. 그래, 줘봐. 내 거 맞네.

멋진 데다 예쁜 장식까지 달렸네!

5 아, 실비아, 실비아!

스피드 [부른다.] 실비아 아가씨! 실비아 아가씨!

발렌타인 어이, 뭐하고 있는 거냐?

스피드 쥔님, 아가씨가 좀 멀리 계셔서요.

발렌타인 그런데, 누가 너한테 부르라고 시켰냐?

10 **스피드** 쥔님이요. 제가 잘못 들었나 봐요.

발렌타인 글쎄, 넌 너무 나대는구나.

스피드 그런데 요전번엔 너무 굼벵이 같다고 야단치셨잖아요.

발렌타인 예끼, 이놈, 네가 실비아 아가씨를 아느냐?

스피드 쥔님이 사랑하시는 분이잖아요?

15 **발렌타인** 어, 어떻게 내가 사랑하는 걸 알고 있지?

스피드 유별나게 표시를 내시거든요. 우선, 쥔님께선, 프로테우스 나리 같이,

팔짱¹⁷을 끼고 계세요. 불평꾼처럼.

그리고 방울새처럼 가슴이 빨개지도록 사랑노래를 즐기셔요.

전염병 환자처럼 혼자 돌아다니는가 하면, 철자 책을 잃어버린 초
등학생처럼 한숨을 내쉬기도 하고, 할머니를 장사지낸 계집애처 20
럼 훌쩍거리기도 하셔요. 그리고 식이요법 하는 사람처럼 단식을
하는가 하면, 도둑을 무서워하는 사람처럼 밤을 꼬박 새우기도 하
고, 만성절에는 거지처럼 애처롭게 투덜대셔요. 예전에는 웃을 때
는 수탉처럼 목청이 높았었고, 걸을 때는 사자처럼 걸었어요. 단
식은 식사를 하자마자 하셨고, 슬픈 표정을 지을 때는 돈이 필요 25
할 때였어요. 그런데 지금 쥔님은 아가씨 때문에 완전히 다른 사
람이 됐어요. 쥔님을 뵈면, 제 쥔님인지 알아볼 수 없을 정도예요.

발렌타인 내가 그렇게 보인다고?

스피드 예, 겉에 다 나타나는데요.

발렌타인 겉에? 그럴 리가 없는데. 30

스피드 그럴 리 없다고요? 아니, 확실해요. 쥔님이 겉으로 드러내지 않으면,
알아챌 사람은 아무도 없을 텐데요. 사랑의 열병이 겉모습에
나타나지 않고 쥔님 속에 숨겨 있다 해도, 검사용 오줌 모양
환히 비쳐 보이거든요. 그래서 쥔님을 만난 누구라도
쥔님의 열병을 알아내는 의사가 될 수 있답니다. 35

발렌타인 그런데 네가 아가씨를 안단 말이지?

스피드 식사 때, 쥔님이 뚫어져라 보던 그 아가씨잖아요?

발렌타인 그걸 다 네가 봤다고? 그래 바로 그 아가씨를 말하는 거다.

스피드 저런, 쥔님, 저는 모르겠는데요.

---

17. 17세기로 가는 전환기인 1590년 후반에 유행한 '우울 또는 사랑의 좌절로 고통 받
는 성격 유형'들은 '불평꾼처럼 팔짱을 끼는 제스처'를 취했다.

40 **발렌타인** 내가 뚫어져라 본 것까지 알면서,

　　　아가씨를 모른다고?

스피드 쥔님, 아가씨가 못 생기진 않았죠?

발렌타인 예쁘다기보다 매력적이지.

스피드 쥔님, 저도 그건 잘 알고 있어요.

45 **발렌타인** 네가 무엇을 알고 있다는 거냐?

스피드 쥔님이 반할 만큼 아가씨가 예쁘지 않다는 거요.

발렌타인 난 아가씨가 더할 나위 없이 아름답고, 매력이

　　　무한히 넘친다는 뜻으로 말했다.

스피드 화장하면 아름다워지니까요, 하지만

50　　　매력에 대해선 확신할 수 없어요.

발렌타인 화장 덕이라니? 확신이 안선다고?

스피드 아이고, 쥔님, 화장 덕에 아름다워졌기 때문에,

　　　누구도 그녀의 미모를 가치 있게 생각하지 않는다는 말이에요.

발렌타인 대체 넌 나를 어떻게 생각하는 거니? 난 아가씨의 미모를 높게

　　　평가한다.

55 **스피드** 아가씨가 보기 흉하게 변한 후에, 쥔님은 한 번도 만난 적이 없잖아요.

발렌타인 언제부터 변했는데?

스피드 쥔님이 사랑에 빠지고 나서요.

발렌타인 난 첫 눈에 그녀에게 반한 이후 내내 사랑에 빠져 있단다.

　　　여전히 내겐 그녀가 아름다워.

60 **스피드** 반했으면, 제대로 보실 수 없어요.

발렌타인 어째서?

스피드 사랑에 빠지면 눈이 멀게 되니까요. 제발, 쥔님께서 소인의 눈을

가질 수 있었으면! 아니면 양말대님을 안했다고 프로테우스

나리를 야단치실 때 보였던, 그 빛나는 눈빛을 도로 찾으실 수 있었으면!

발렌타인 그러면 내 눈에 뭐가 보일거란 말이냐? 65

스피드 쥔님이 지금 하는 바보짓과 아가씨의 지독히 못생긴 모습이요.

프로테우스 나리께서 사랑에 빠졌을 때 대님 하는 걸 신경 못 썼던

것처럼,

사랑에 빠진 쥔님도 바지 입는 걸 제대로 신경을 못 쓰고 계세요.

발렌타인 얘야, 너도 사랑에 빠진 것 같구나. 어제 아침, 내 구두를 닦는

것을 신경 쓸 수가 없었으니 말이다. 70

스피드 맞아요. 침대와 사랑에 빠졌어요. 감사드릴 뿐이에요.

사랑에 빠졌다고 쥔님이 저를 때렸잖아요.

덕분에 쥔님의 사랑을 비난할 만큼 대담해졌거든요.

발렌타인 결론적으로, 난 서 있는 상태로 그녀를 계속 사랑하련다.

스피드 쥔님이 주저앉았으면 좋겠어요.[18] 그래야 사랑이 끝이 나거든요. 75

발렌타인 어젯밤, 아가씨가 자기 애인에게 편지를 대신 써달라고

나한테 요청했단다.

스피드 그래서 써주셨어요?

발렌타인 물론.

스피드 서투르게 쓰신 건 아니겠지요? 80

발렌타인 천만에, 최선을 다해 썼다.

실비아 등장

---

18. 성적인 암시를 노골적으로 나타내는 'stand[서다]' 'set[seated][주저앉다]'를 사용한다.

쉿, 아가씨가 이리로 오고 있다.

스피드 [방백] 아 멋진 인형극! 오, 멋진 인형이여!

자, 이제, 쥔님이 변사 노릇을 하실 거야.

85 **발렌타인** 아가씨, 정말 좋은 아침이에요.

스피드 [방백] 아이고, 저녁인사까지 하시겠네! 예의는 정말 바르셔.

실비아 발렌타인 경, 정말 좋은 아침이에요!

스피드 [방백] 쥔님이 관심을 보여야 하는데, 오히려 아가씨가 관심을 보이네.

발렌타인 이름도 모르는 아가씨의 비밀 친구에게,

90 아가씨가 요청한 대로 편지를 썼습니다.

아가씨에 대한 의무감이 없었더라면,

전 절대로 쓰고 싶지 않았을 거예요.

실비아에게 편지를 건네준다.

실비아 고맙습니다. 필체가 정말 멋지시네요.

편지를 본다.

발렌타인 아가씨, 사실은, 간신히 썼습니다.

편지가 누구한테 가는지 모르니까, 펜이 가는 대로 썼거든요.

95 정말 자신이 없었어요.

실비아 혹시 너무 힘들다고 생각하시지 않으셨나요?

발렌타인 아닙니다, 아가씨. 아가씨에게 도움이 된다면,

명령만 내리시면, 천 번이라도 쓰겠습니다.

100 하지만. . .

실비아 끝마무리가 좋은데요. 어, 다음 말이 짐작이 가요.

하지만 난 그걸 꼬집지 않을 거예요. 그리고 상관도 않겠어요.

그에게 편지를 돌려주려 한다.

하지만 이 편지를 도로 받으세요. 하지만 고맙습니다.

앞으로 더 이상 귀찮게 굴지 않겠다는 뜻이에요.

스피드 [방백] 하지만 아가씨는 계속 귀찮게 할걸. 하지만 '하지만!'을 또   105

할걸.

발렌타인 뭐라 하셨죠? 편지가 마음에 안 드세요?

실비아 아니요, 아니요. 편지를 정말 멋지게 쓰셨어요.

하지만, 마지못해 쓰셨으니까, 도로 가져가세요.

편지를 돌려준다.

발렌타인 아가씨, 아가씨를 위해 썼습니다.

실비아 맞아요, 맞아요. 제 요청으로 편지를 쓰셨지요.   110

하지만, 전 안 가져가겠어요. 이건 당신 거예요.

더 심금을 울리게 써 주셨으면 좋았을 텐데.

발렌타인 그럼 아가씨, 다시 써드리겠습니다.

실비아 다시 쓰시면, 저를 위해 읽어봐 주세요.

그게 마음에 들면, 됐고요. 안 든다 해도, 뭐, 괜찮아요.   115

발렌타인 마음에 들다니요? 그렇게 되면 어떻게 되는 거죠?

실비아 저, 마음에 들면, 수고 값으로 그걸 가지세요.

그럼, 안녕, 나의 기사님이시여.

스피드 자기 얼굴의 코처럼, 뾰족탑의 수탉처럼, 보이지 않게,

120

헤아리기 어렵게, 눈에 띄지 않게 장난을 치시네.

쥔님은 아가씨에게 구애하고, 아가씨는 구애자를 가르치네.

학생인 쥔님을 아가씨의 선생이 되게 하네.

성말 멋진 장난이야. 이보다 더 멋진 장난이 있겠나?

실은 쥔님이 필경사가 되어 쥔님 자신에게 편지를 쓰고 있는 거지!

125 **발렌타인** 이놈아, 어쩐 일이야? 무슨 일로 중얼대고 있냐?

스피드 아닙니다, 운을 맞추고 있었습니다. 중얼대신 분은 쥔님이세요.

발렌타인 내가 무엇 때문에 중얼거렸다는 거지?

스피드 실비아 아가씨의 대변인 역할을 하느라고요.

발렌타인 누구를 위해 대변하고 있는 거지?

130 **스피드** 쥔님 자신이요. 저, 아가씨가 쥔님에게 간접적으로 구애를 하고

있거든요.

발렌타인 어떻게 해서 간접적이지?

스피드 편지로 하니까요.

발렌타인 저런, 아가씨가 나한테 편지를 썼다고?

스피드 아가씨가 왜 쓰셨겠어요? 아가씨가 쥔님 자신에게 편지를 쓰게

하는데.

135

저런, 아가씨가 어떤 장난을 쳤는지도 쥔님은 모르시겠습니까?

발렌타인 믿어줘. 정말 모르겠는데.

스피드 딱하시네요, 정말. 아가씨가 심각하다[19]는 걸

눈치채셨나요?

발렌타인 화나서 한 말을 빼고는, 아가씨는 나한테 아무것도 준 게 없어.

스피드 저런, 쥔님한테 편지를 줬잖아요.   140

발렌타인 그 편지는 내가 그녀 애인 앞으로 써준 거야.

스피드 그리고 아가씨가 그 편지를 쥔님한테 전달했어요. 그렇게 된 거예요.

발렌타인 그랬으면 좋겠다.

스피드 제가 보증할게요. 다 잘 될 겁니다.

쥔님은 수차례 아가씨에게 편지를 썼지만, 아가씨는 부끄러워서인지   145
짬이 없어서인지, 일일이 답장을 할 수 없었던 것 같아요.

아니면, 심부름꾼이 그녀의 마음을 알아낼까 봐 두려워서인지도

모르죠.

그래서 아가씨는 자신의 사랑을 주인님에게 선생처럼 가르쳤어요.

그러고 나서

주인님이 주인님 자신에게 편지를 쓰게 한 겁니다. 제 얘긴 몽땅

틀림없어요. 정말 틀림없어요.

쥔님, 무슨 생각을 골똘히 하시죠? 가시죠? 식사시간이에요.   150

발렌타인 난 이미 배부르다.

스피드 그런데 들어보세요, 쥔님. 사랑이란 카멜레온은 공기를 먹고 살 수

있지만, 저는 음식을 먹고 산답니다. 식사를 하고 싶습니다.

제발, 아가씨처럼 되지 마세요. 가십시다, 제발!

퇴장

---

19. 'earnest'라는 단어는 '심각함'과 '협상금'이라는 이중의 의미를 가진다. 스피드는
'심각함'의 뜻으로 말을 하고, 발렌타인은 '협상금'으로 받아들인다.

2장

프로테우스와 줄리아 등장

프로테우스 사랑스런 줄리아, 기다려줘요.

줄리아 기다려야죠, 다른 방안도 없잖아요.

프로테우스 가능한 한, 빨리 돌아오겠소.

줄리아 마음이 변하지 않는다면, 곧 돌아오시겠지요.

반지를 준다.

5   당신의 줄리아를 위해, 이것을 정표로 간직해주세요.

프로테우스 그러면 우리 서로 교환합시다.

그도 반지를 준다.

자, 받아요.

줄리아 우리의 약속을 신성한 입맞춤으로 봉인해요.

프로테우스 진정 변치 않겠다고 이 손으로 맹세하겠소.

줄리아, 당신을 위해 하루에 한 시간이라도

10   한숨을 쉬지 않고 지낸다면,

사랑을 잊은 벌로 바로

사악한 불운이 덮쳐 저를 괴롭혀도 괜찮소!

아버님이 기다리고 계셔요. 아무 말도 하지 마오.

만조입니다. 배가 떠날 시간이오. 제발. 눈물을 철철 흘리지 마오.

나를 더 지체하게 할 테니까.   15

줄리아, 잘 있어요.

줄리아 퇴장

어, 한마디도 없이 떠나버렸잖아?

그렇지, 진정한 사랑은 그럴 수밖에 없어. 말로는 할 수 없지.

진실이란 치장하는 말에 있는 것이 아니라 훌륭한 행동들에 나타

나는 거니까.

판티노 등장

판티노 프로테우스 도련님, 아버님이 기다리고 계십니다.

프로테우스 먼저 가봐. 곧 갈게, 간다고.   20

[방백] 슬프다, 이렇게 이별하면, 가엾게도 연인들은 벙어리가 되어

버리네.

퇴장

3장

랜스가 울면서 개를 끌고 들어온다.

랜스   아니, 이제 그만 울 거야. 울기 잘하는 게 바로 랜스 집안의 내력
이야. 돌아온 탕자가 그랬듯이, 몫[20]을 챙겼으니, 난 프로테우스
쥔님들 따라 영주의 궁정으로 떠날 거야. 내 개 크랩은 세상에서
성질이 가장 비뚤어진 개야. 우리 엄마께서 눈물 흘리고, 아빠께
5   서 통곡하고, 누이동생도 울고, 우리 집 하녀까지 울부짖고, 고양
이는 두 발을 비벼대는 등 우리 집안 전체가 우느라 정신을 못 차
렸어. 그런데 이 무정한 똥개 놈은 눈물 한 방울도 안 흘렸단 말
이야. 이놈은 돌 같아, 아니 조약돌 같아. 동정심이란 개만큼도
찾아볼 수 없으니. 유대인조차도 우리가 헤어지는 것을 보면 울
10   었을 거야. 자, 잘 들어. 앞이 안 보이는 할머님까지도 나를 떠나
보내면서 우셨어. 그때 광경을 실제로 보여줄게. [신발을 벗는다.] 이
쪽 구두가 우리 아버지야. 아니, 이 왼쪽 구두가 우리 아버지야.
아니야, 아니야, 이 왼쪽 구두는 우리 엄마야. 아냐, 그럴 리 없어.
아, 맞아, 맞아. 이쪽 창이 더 닳았네. 구멍 난 쪽 구두가 엄마니
15   까, 이쪽 구두는 아버지야. 제기랄, 이제 됐다! 저, 이 지팡이는
내 누이동생이지. 어, 누이동생은 백합처럼 희고 날씬하니까. 이

---

20. 랜스는 'portion'을 'proportion'으로, 'prodigal(탕자)'를 'prodigious(비범한)'로 철자
를 틀리게 사용한다. 이와 같은 말의 실수를 말라프로피즘(malapropism)이라 한다.

모자는 우리 하녀 낸이고. 나는 개야. 아니, 개는 개고, 나는 개야. 그러니까, 개가 나고, 나는 나야. 내가 아버지에게로 가서, [무릎을 꿇는다.] '아버지, 축복해주세요' 하니까, 우시느라 말씀을 못하시 20 네. 아버지에게 입맞춤을 해드려야지. [구두에 입을 맞춘다.] 그런데 도 계속 우시네. 이제 엄마에게로 간다. 오, 엄마가 미쳐 날 칠 수도 있을 텐데! 어, 엄마에게 입맞춤을 해드려야지. [다른 구두에 입맞춤을 한다.] 이런, 아이구. 엄마의 입 냄새가 지독하네. 이번엔 내 누이동생에게로 간다. 동생의 비탄의 소리를 들어봐! 그런데, 개 25 란 놈은 그 동안 눈물 한 방울도 안 흘리고 말 한마디도 안 했어. 난 눈물로 먼지까지 잠재우는데.

판티노 등장

판티노 랜스, 어서, 어서, 가보게! 배를 타야지! 자네 쥔님은 벌써 배에 타셨어. 서둘러 가게. 무슨 일이야? 왜 우는 거야, 사내대장부가? 빨리 가, 바보 같으니, 더 지체하면, 배를 놓치게 될 거야.   30
랜스 놓쳐도 상관없어.
     정말 인정머리가 없거든.
판티노 어떻게 배가 인정머리 없지?
랜스 아이고, 배가 아니고 거기 묶어놓은[21] 내 개 크랩 말이야.
판티노 쯧 쯧. 내 말 뜻은 만조가 끝날 거라는 거지. 만조가 끝나면   35

---

21. 'tide'와 'tied'의 발음이 동일함을 이용해 말장난을 한다. '배를 놓쳐도'에서는 'tide 조류'의 뜻으로 사용되고, '거기 묶어 놓은'에서는 'tied 묶다'의 뜻으로 사용된다.

여행을 떠나지 못해. 여행을 떠나지 못하면, 주인을 놓치게 되고.
주인을 놓치면, 일자리를 잃게 되고, 일자리를
잃어버리면. . . 왜 내 입을 막는 거냐?

랜스 실언할까 봐 그래.

40 **판티노** 어쩌다 실언을 하지?

랜스 이야기를 하다가.

판티노 일 벌이다 그렇겠지!

그를 걷어찬다.

랜스 만조를 놓치게 되면, 여행도, 주인도,
일자리도, 개도 잃어버린다는 거야? 그런데, 강물이 말라도, 난

45 눈물로 강을 채울 수 있고. 바람이 불지 않아도, 난 한숨으로
배를 몰고 갈 수 있어.

판티노 자, 자, 어서 가세. 자네를 데려오라는 분부를 받았거든.

랜스 나리, 하시고 싶은 대로 하세요.

판티노 갈 건가?

50 **랜스** 물론, 갈 거야.

4장

발렌타인, 실비아, 서리오 그리고 스피드 등장

실비아 기사님!

발렌타인 아가씨인가요?

스피드 쥔님, 서리오 나리께서 눈살을 찌푸리고 계세요.

발렌타인 아, 이런, 그건 사랑 때문이야.

스피드 쥔님을 사랑해서가 아니에요.   5

발렌타인 그러면 아가씨를 사랑해서겠지.

스피드 쥔님이 주먹으로 한 대 갈기면 신나겠네요.

실비아 기사님, 심각하시네요.

발렌타인 아가씨, 그렇게 보일지도 모릅니다.

서리오 사실은 그렇지 않은데, 그렇게 보인다는 뜻이오?   10

발렌타인 아마도, 그럴 겁니다.

서리오 협잡꾼들은 다 그렇소.

발렌타인 당신도 그렇게 보이는데요.

서리오 사실은 그렇지 않은데, 어떻게 보인다는 거요?

발렌타인 지혜롭게.   15

서리오 그 반대는 뭐요?

발렌타인 멍청하게.

서리오 내가 멍청하다는 걸, 어떻게 알아냈소?

발렌타인 긴 재킷으로 알아냈소.

20 **서리오** 내 긴 재킷은 더블릿²²이오.

발렌타인 그러니 두 배로 멍청하시지.

서리오 뭐라고요!

실비아 저, 화나셨나 봐요, 서리오 님? 안색까지 변하셨잖아요?

발렌타인 아가씨, 내버려두세요. 저분은 카멜레온 같은 분이세요.

25 **서리오** 이 카멜레온은 공기를 먹고 살기보다 자네 피를 빨아 먹고 살고
싶은 마음이 간절하군.

발렌타인 이라고 나리가 말씀하셨습니다.

서리오 맞소. 그만합시다, 이번엔.

발렌타인 전 잘 알고 있어요. 나리께선, 시작이 곧 끝이라는 것을.

30 **실비아** 두 분께서 일제사격하듯 말들을 속사포처럼 쏘아대시네요.

발렌타인 아가씨, 맞아요. 그런 열정을 주신 분에게 감사드려요.

실비아 그게 누구죠, 기사님?

발렌타인 당신이에요. 귀여운 아가씨. 아가씨가 불을 붙이셨거든요.
서리오 님도 아가씨 모습을 보면 재치가 발동돼요. 아가씨와 같이

35 있으면, 자연스럽게 재치가 넘치게 되는 거예요.

서리오 한 마디도 지지 않으려 들면, 자네 재치를 바닥나버리게
해버릴 거요.

발렌타인 잘 알고 있소. 당신은 말들의 보고를 가지고 있으면서도,

---

22. '재킷'은 'doublet'을 옮겨놓은 것이다. 'doublet'이란 꼭 끼게 입는 남자의 상의를
말한다. 발렌타인은 서리오의 'doublet'에서 'et'를 뺀 'double' 즉 '이중'이라는
뜻으로 사용하여 말장난을 한다.

하인들에게 줄 보물은 하나도 없으니까요. 하인들의 낡아빠진 제복을

보면 알 수 있소. 그들이 실속 없이 잔소리로만 살아간다는 걸. 40

실비아 신사분들, 그만, 그만! 아버님이 오고 계세요.

공작 등장

공작 아, 내 딸 실비아, 구혼자들에게 둘러싸여 있구나.

발렌타인 경, 자네 아버님은 아주 건강하시다 하네.

희소식이 잔뜩 담긴 친구들이 보낸 편지에 대해 자넨 뭐라 답할

건가?

발렌타인 전하, 그곳에서 온 소식은 45

어떤 것이든 고마울 뿐입니다.

공작 동향인인 돈 안토니오 경을 아는가?

빌렌타인 네, 전하, 알고 있습니다,

재산도 있고 명성도 대단하십니다.

좋은 평판을 받을 만한 분이세요. 50

공작 아드님이 있지 않은가?

발렌타인 그렇습니다. 전하. 그런 아버님의

명예와 평판을 부끄럽게 하지 않을 아들이랍니다.

공작 그를 잘 알고 있는가?

발렌타인 저 자신을 알듯 알고 있습니다. 어린 시절부터 55

저희는 친구로 시간을 같이 보냈습니다. 그런데

저는 빈둥거리는 게으름뱅이여서,

시간이 저를 천사 같이 완벽한 인간으로 만들려 했지만,

시간의 친절한 혜택을 저는 무시했습니다.

60 하지만, 프로테우스, 그게 그의 이름이랍니다.

자신의 나날들을 매우 유용하게 선용하여

아직 나이는 젊지만, 경험은 어른스럽고,

머리는 아직 덜 익었지만[23], 판단력은 무르익었습니다.

한 마디로 말씀드리자면... 현재의 칭찬만 가지고

65 도저히 그의 진가를 다 말씀드릴 수 없습니다.

그는 외모뿐만 아니라 정신까지 완전무결하고,

신사의 미덕인 멋진 아량까지 갖췄습니다.

공작 원, 정말 자네가 말한 대로라면,

그자는 공주의 사랑을 받을 만하고

70 왕의 참모가 되기에도 손색이 없군.

그런데, 바로 그 젊은이가 훌륭한 유력인사들의

추천장을 가지고 나를 찾아왔네.

당분간 여기서 시간을 보낼 예정인가 보네.

자네에게는 별로 내키지 않는 소식일 것 같군.

75 **발렌타인** 저의 유일한 소망이 있었다면, 그가 여기에 오는 것이었습니다.

공작 그러면 그만한 인물에 알맞게 환영해주게.

실비아, 너에게도 말해둔다, 그리고 서리오 경에게도.

발렌타인 경우는, 그것을 특별히 강조할 필요 없겠지.

그 청년을 당장 이리로 보내겠네.

---

23. 익지 않았다는 것은 흰 머리가 없다는 뜻이다.

발렌타인 제가 말했던 바로 그 신사입니다. 함께 이곳으로 오려고 했었는데, 80
그의 눈은 애인의 수정 같은 눈에 포로가 되어 있었답니다.

실비아 눈을 석방시켜줬나 봐요.
대신에 마음을 담보로 잡히고 왔나 봐요, 변치 않겠다는 맹세로.

발렌타인 그렇지 않을 거예요, 분명히. 아직도 그의 눈은 포로로 잡혀
있을 거예요. 85

실비아 그러면 그분은 눈이 멀었겠네요. 눈이 멀었으면
어떻게 당신을 찾아올 수 있었을까요?

발렌타인 저런, 아가씨, 사랑의 신은 스무 쌍의 눈을 가지고 있다 하잖아요.

서리오 사랑의 신은 눈이 없다고 하던데.

발렌타인 서리오 경, 당신과 같은 상대를 볼 눈은 없지요. 90
못생긴 대상을 보면 큐피드는 눈을 감거든요.

프로테우스 등장

실비아 그만들 하세요, 제발. 그분이 여기 오시네요.

발렌타인 오랜만이네, 프로테우스! 아가씨, 특별히 호의를 가지고
환영해줬으면 좋겠소.

실비아 이분이 당신이 자주 소식을 듣고 싶어 했던 바로 그분이라면, 95
인품으로 보아, 여기서 환영받는 것은 당연합니다.

발렌타인 바로 그 친구입니다, 아가씨. 제 친구도 아가씨의 충복으로 봉사하게
허락해주십시오.

실비아 지체 높은 기사님의 여주인이 되기엔 제가 너무 하찮은데요.

100 **프로테우스** 천만에요, 제가 너무 보잘 것 없어서,

이렇게 훌륭한 여주인님을 알현하는 것이 황송할 따름입니다.

발렌타인 자신을 비하하는 말들을 그만들 하시고.

아가씨, 제 친구도 충복으로 받아주세요.

프로테우스 자랑스럽게 아가씨를 모시는 것을 오로지 제 의무로 삼겠습니다.

105 **실비아** 그러면 그에 대한 보답을 충분히 하겠습니다.

하찮은 저지만, 여주인으로서 당신을 환영합니다.

프로테우스 누구라도 그런 식으로 말한다면, 죽음을 각오하고 그와 싸울

겁니다.

실비아 당신을 환영한다는 말 때문인가요?

프로테우스 하찮다는 말 때문입니다.

시종이 서리오에게 메시지를 전달하기 위해 문에 나타난다.

서리오 아가씨, 아버님께서 아가씨에게 하실 말씀이 있답니다.

110 **실비아** 알겠습니다. 자, 서리오 경도 저와

함께 가세요. 새로 오신 기사님, 정말 환영합니다.

두 분은 고향에 대한 이야기를 서로 나누고 계세요.

이야기를 끝내면, 저에게도 소식을 들려주세요.

프로테우스 그렇게 하도록 하겠습니다.

실비아와 서리오 퇴장

발렌타인 자 말 좀 하게. 고향에서는 다들 어떻게 지내시나? ¹¹⁵

프로테우스 자네 가족들은 잘 지내고 계시지. 자네한테 안부를 전해달라는
부탁을 받았네.

발렌타인 자네 가족들은 어떻게 지내시나?

프로테우스 다들 건강하셔.

발렌타인 자네 애인은? 그녀와 잘 되어가나?

프로테우스 내 사랑 이야기에 자네는 싫증을 내곤 했었어.

자네는 사랑 이야기를 좋아하지 않았었지. ¹²⁰

발렌타인 맞아, 그런데 프로테우스, 이제 인생이 달라졌어.

사랑의 신을 경멸한 것을 회개하고 있네.

콧대 높은 오만한 생각들로 가득한 사랑의 신은 쓴 맛으로

곡기를 끊게 하고, 회한의 신음 소리를 내게 하고, 밤마다

눈물을 흘리게 하고, 매일 매일 비탄의 한숨으로 나를 벌주시네. ¹²⁵

사랑하는 것을 경멸한 것에 대한 복수로

포로가 된 내 눈에서 잠을 쫓아버리고,

마음의 슬픔을 지키는 망꾼이 되게 하였네.

프로테우스, 사랑의 신은 강력한 군주이셔.

나를 정말 겸허하게 만들었어. 내가 고백하지. ¹³⁰

어떤 비애도 그의 징계에 비할 수 없고,

지상에 어떤 기쁨도 그에게 봉사하는 기쁨에 비할 수 없어.

이제는 사랑의 이야기 외에 다른 이야기는 하지 않네.

이제는 사랑이라는 말만으로도,

아침, 저녁, 점심을 끊을 수 있고 잠도 안 잘 수 있네. ¹³⁵

프로테우스 그만하게. 자네가 얼마나 운이 좋은지가 자네 눈에 쓰여 있으니까.

조금 전 그 아가씨가 자네가 숭배하는 우상인가?

발렌타인 맞아. 하늘에 사는 선녀 같아 보이지 않나?

프로테우스 아니, 소위 말하는 절세미인에 지나지 않는데.

발렌타인 천상의 존재 같다고 말해주게.

140 **프로테우스** 그녀에게 아첨하지 않겠네.

발렌타인 그러면 나에게 아첨하게. 사랑을 하면 칭찬을 듣고 싶어 하니까.

프로테우스 내가 사랑 병에 걸렸을 때, 자네는 나에게 쓴 약을 줬어.

그래서 나도 자네에게 똑같이 쓴 약을 줄 거야.

발렌타인 그녀에 대해 진실을 말해주게. 천상의 존재가 아니라면,

145 지상의 모든 만물의 군주인, 제7 천사라 해주게.

프로테우스 내 애인을 뺀다면.

발렌타인 고마워. 그런데 예외는 없어,

자네가 내 애인이 그렇지 않다고 이의를 제기하면 몰라도.

프로테우스 내가 내 애인을 더 좋아할 이유가 있으면 안 되나?

150 **발렌타인** 그러면 자네 애인이 출세하도록[24] 도와줄게.

내 여주인의 옷자락을 잡는 일로,

자네 애인은 높은 영예를 누리게 될 걸세.

발아래 흙이 어쩌다 내 여주인 옷에 몰래 키스하면,

흙은 큰 은혜를 자랑스러워하며,

155 여름의 화려한 꽃들이 뿌리 내리는 것을 하찮게 여기고,

---

24. 'prefer'를 가지고 말놀이를 하는데, '출세하다'의 뜻으로 사용하면서 동시에 '더 좋아하다'는 뜻을 암시하게 한다.

거친 겨울이 영원히 자리를 잡지 못하게 하겠지.

프로테우스 저런, 발렌타인, 무슨 허풍이 이리 심한가?

발렌타인 프로테우스, 미안하네. 내가 할 수 있는 어떤 것도,
그녀에 비하면 아무것도 아니네. 그녀의 가치는 다른 것들을
별 것 아닌 거로 만들어 버리니까. 실비아는 유일무이 한 존재야.

프로테우스 그러면 그녀를 혼자 있게 내버려두게.   160

발렌타인 절대로 안 돼! 친구, 그녀는 내 거야.
그러한 보물을 갖고 있는 건, 모래 한 알 한 알이 진주고,
바닷물이 전부 꿀물이고, 암석 모두가 순금으로 돼있는
바다 스무 개를 갖고 있는 것만큼 부자란 말이야.
자네에게 충분한 관심을 보이지 못한 것을 용서하게.   165
내가 애인에게 홀딱 빠져 그러네.
그녀의 아버님께서 재산이 엄청나게 많다는 이유만으로 좋아하는
바보 같은 내 경쟁 상대와 함께 내 애인이 가버렸어.
그러니 쫓아가봐야겠네
사랑이란 질투 그 자체잖아.   170

프로테우스 그런데 그녀도 자네를 사랑하나?

발렌타인 물론. 우리는 약혼했다네. 아니 그 이상일세. 결혼할 시간에다,
누구도 생각할 수 없는 도주할 교묘한 방법까지 결정해놓았네.
그녀의 창문으로 어떻게 올라가느냐,
끈으로 사다리를 어떻게 만드느냐 등, 우리의 행복을 위한   175
모든 수단 방법들을 고안하고 합의를 보았네.
프로테우스, 내 방으로 함께 가세,

이 문제에 관해 자네의 조언이 필요하거든.

프로테우스 먼저 가게. 곧 찾아갈게.

180 부두에 가서 내 필요한 물건들을 배에서

내려놓아야만 하거든.

그러고 나서 곧 찾아갈게.

발렌타인 서둘러 주겠나?

프로테우스 물론이지.

발렌타인 퇴장

185 열이 열을 쫓아내듯이

못이 못을 뽑아내듯이,[25]

나의 옛 애인에 대한 기억이

새로운 대상 때문에 완전히 사라져버렸네.

내 눈 때문인가? 아니면 발렌타인의 칭찬 때문인가?

190 그녀가 진정 완벽하기 때문인가? 아니면 나의 잘못된 죄 때문인가?

분별력도 없으면서 왜 이렇게 따지지?

그녀는 아름다워. 내가 사랑하는 줄리아도 그렇지.

그런데 이제 내 사랑이 녹아버려,

불에 갖다 댄 밀랍인형처럼

195 이전의 인상도 자국도 사라져버렸네.

발렌타인에 대한 나의 우정도 식어버렸네.

---

25. '불이 불을 끄고 못이 못을 뽑는다'라는 격언을 사용한 것이다.

이전에 그랬듯이, 난 그를 사랑하지 않아.

아, 난 그의 애인을 너무 너무 사랑해.

그게 바로 내가 그를 사랑하지 않는 이유지.

이렇게 별 생각 없이 사랑에 빠져들기 시작하는데,   200

생각을 하게 되면, 얼마나 홀딱 빠져들까?

아직 내가 본 것은 그녀의 외모에 지나지 않을 뿐인데,

내 이성의 빛이 완전히 현혹당해 버렸어.

그러니 그녀의 완벽한 미모를 보게 될 때는

틀림없이 나는 눈이 멀게 될 거야.   205

이 부정한 사랑을 막을 수 있으면, 나는 막아낼 거야.

그렇게 못하면, 그녀를 손아귀에 넣기 위해, 술책까지도 마다하지

　　않을 거야.

퇴장

5장

스피드와 [그의 개와 함께] 랜스 등장

스피드 밀란에 온 걸 진심으로 환영하네.

랜스 여보게, 거짓 맹세까지 할 필요 없네. 난 환영받은 적이 없네.
난 늘 이런 생각을 한다네. 사람이 끝장나려면 교수형에 처해져야
하고, 술집에서 작부한테 '어서 오세요'라고 환영을 받으려면,

5 밀렸던 계산을 다 끝내야 한다고.

스피드 그렇지 않네, 덜렁이. 당장 술집에 가보자고.
거기선 5 펜스짜리 술 한 잔만 팔아줘도 무지무지 환영을 받아.
그런데, 어이, 자네 주인과 줄리아 아가씨는 어떤 식으로
헤어졌나?

10 **랜스** 음, 진지하게 포옹한 후, 정말 가벼운 마음으로 멋있게
헤어졌지.

스피드 그런데 아가씨는 자네 쥔님과 결혼할 건가?

랜스 아니.

스피드 그러면? 자네 쥔님은 아가씨와 결혼할 건가?

15 **랜스** 역시, 아니지.

스피드 저런, 둘 사이가 깨졌나?

랜스 아니, 온전해, 깨진 흔적이 없으니까.

스피드 그러면, 둘이 어떻게 됐다는 거지?

랜스 이렇다네. 쥔님이 잘 서있으면[26], 아가씨는 아주
기분이 좋아진다는 거지.   20

스피드 멍청이! 무슨 말인지 모르겠어.

랜스 얼마나 멍청하면 모른다고 하지! 내 지팡이도
아는데.

스피드 뭐라고?

랜스 음, 내가 하는 걸 보게. 봐, 난 기대기만 하면 돼. 내 지팡이가   25
이렇게 서 있으니까.

스피드 정말로, 지팡이가 아래에 서 있네.

랜스 저런, 지팡이가 밑에 '서 있다'와 '알아듣다'는 순서만 바뀌었지 똑
같은 단어야.[27]

스피드 그런데 사실대로 말해줘. 둘이 어울리는 짝일까?

랜스 내 개한테 물어보게. 개가 '응'이라 답하면, 그렇고, '아니'라고   30
해도, 그렇고. 꼬리만 흔들고 아무 소리 내지 않아도, 그렇지.

스피드 그러면 결론은 잘 어울리는 짝이네

랜스 비유가 아니면, 자네는 그런 비밀을 절대로 내게서 끌어내지 못할
거야.

스피드 비밀을 알아냈으니 됐어. 그런데, 랜스, 자네는 우리 쥔님을 어찌
한눈에 사랑에 빠졌다고 말하지?   35

랜스 당연하지. 다른 모습을 뵌 적이 없거든.

---

26. 서 있다 'stand'는 성적 암시를 담고 있다.
27. 'stand under'와 'understand'가 같은 단어라 주장한다. 이유는 'stand under'의 순
서를 바꾸어 놓으면 'understand'가 되기 때문이다.

스피드 어떻게 그렇지?

랜스 자네 말대로, 눈에 띄게 미련퉁이니까.

스피드 저런, 후레자식이, 넌 나를 잘못 생각하고 있어.

40 **랜스** 저런, 바보, 너 말고. 자네 쥔님이 그렇다고.

스피드 우리 쥔님은 열렬하게 사랑에 빠졌어.

랜스 저런, 자네 쥔님이 사랑에 빠져 불태운다 해도 난 상관 안 해.
술집에나 가세. [같이 가자는 몸짓을 한다.] 안 가겠다면,
자네는 헤브라이 사람이고 유대인이야, 기독교인의
45 자격이 없어.

스피드 왜?

랜스 자네한테는 기독교인과 함께 술집에 갈 정도의 자비심이 없으니까.
갈 텐가?

스피드 자네를 위해서라면.

퇴장

6장

프로테우스 등장

프로테우스 줄리아를 버린다. 그러면 맹세를 깨는 거지.

아름다운 실비아를 사랑한다. 그것 또한 맹세를 깨는 거야.

내 친구를 모욕한다. 그건 정말 맹세를 깨트리는 거지.

처음 맹세하게 한 바로 그 힘이

나를 부추기면서 이처럼 세 번이나 맹세를 깨라 하네.   5

사랑의 신도 맹세하게 해놓고는 지금 와서 깨라 하고.

달콤하게 유혹하는 사랑의 신이시여, 당신이 죄를 범했으면,

ㅡ 유혹당한 나에게 ㅡ 변명하는 법을 가르쳐주세요.

처음에는 반짝이는 별을 숭배했지,

그런데 이제는 하늘의 태양을 숭배해.   10

경솔히 한 맹세들은 깨질 수도 있어.

결단력이 없는 사람은 지혜가 부족해. 나쁜 물건을 좋은 물건으로

　바꾸려면 지혜를 익혀야 해.

쳇, 쳇, 못돼먹은 혀 좀 보게,

영혼에 걸고 이만 번이나 맹세했으면서,   15

네가 그렇게 줄곧 좋아했던 최고의 그녀를 나쁜 여자라 부르다니.

난 사랑을 포기할 수 없어. 난 아직 사랑하고 있으니까.

하지만 난 사랑을 포기할거야, 마땅히 사랑을 해야겠지만.

줄리아도 버리고, 발렌타인도 버릴 거야.

20 그 둘에 대한 의리를 지키면, 나 자신을 잃을 수밖에 없거든.

대신 그 둘을 포기하면, 얻는 게 생기지.

발렌타인 대신 내가 생기고, 줄리아 대신 실비아가 생기지.

나에겐 친구보다 나 자신이 더 소중해[28].

항시 사랑은 본래 꽤 까다로우니까.

25 실비아 그녀에 비하면 − 그녀의 하얀 피부는 하늘이 주셨지 −

줄리아는 가무잡잡한 에티오피아 인[29] 같아.

줄리아에 대한 나의 사랑이 식어버린 바에야,

그녀가 살아있다는 사실조차 잊어버려야지,

실비아를 애인으로 삼기로 마음을 정했으니까,

30 발렌타인을 내 적으로 간주할 거야.

음모를 꾸며야지, 그렇지 않으면.

지금 나 자신에게 충실하다고 할 수 없어.

발렌타인은 오늘 밤 줄사다리를 타고

천상의 실비아가 있는 침실 창문에 올라갈 예정이야,

35 경쟁자인 나를 꼭 믿고 있지.

그들이 변장하고 도망가려 한다고

그녀의 아버님께 지금 당장 일러 바쳐야겠다.

---

28. 여기서 프로테우스는 친구에 대한 배려보다 자신의 욕망을 앞세움으로써, 남성간
의 우정의 기본 원칙을 위반하고 있다.

29. 검은 피부색을 가진 여자를 당시 에티오피아 인에 비유했다. '에티오피아 인'은 하
얀 피부, 푸른 눈, 블론드 머리를 가진 이상적 미인에 전형적 반대형이다.

그러면 아버님께서 격분하여, 발렌타인을 쫓아내겠지,
따님을 서리오 경과 결혼시키고 싶어 하시니까.
발렌타인이 쫓겨나면, 재빨리 약삭빠른 꾀를 써서.   40
멍청한 서리오의 굼뜬 계획을 훼방 놓아야지.
사랑의 신이시여, 이 계략을 빨리 써먹을 수 있게 제게 날개를
빌려주옵소서. 계략을 꾸미도록, 저에게 지혜를 빌려 주셨듯이
말입니다.

7장

줄리아 루세타야, 충고 좀 해줘. 날 좀 도와줘.

진지한 마음으로 너한테 간청하는 거란다.

너는 나의 모든 생각을 똑똑히 기록하고

새겨놓은 내 수첩과 같거든.

5 어떻게 명예를 위태롭게 하지 않으면서,

사랑하는 프로테우스한테로 여행

갈 수 있는 좋은 방법을 말해줄래?

루세타 아아, 여행길은 고되고 멀어요!

줄리아 신앙심이 깊은 순례자는 힘없는 발걸음으로

10 세상을 온통 걸어 다녀도 고되지 않단다.

더군다나 사랑의 신의 날개를 달고,

프로테우스 경 같이 신처럼 완벽하고 사랑하는 분에게 날아갈 땐

훨씬 힘들지 않을 거야.

루세타 참는 게 더 도움이 될 텐데요, 프로테우스 님이 돌아올 때까지.

15 **줄리아** 어머나, 얘는 모르나 봐? 그분의 모습이 내 영혼의 양식이라는 사실을?

오랫동안 그 음식을 갈망만 하고 굶주린, 그래서 파리해진 나를

불쌍히 여기려무나.

사랑의 감정이 얼마나 뜨거운지 네가 알기만 한다면,

말로 사랑의 불을 끄려하기보다

20 눈으로라도 사랑의 불길이 타오르도록 도와줄 텐데.

루세타 아가씨의 뜨거운 사랑의 불길을 끄려는 게 아니에요.

이성의 경계를 넘어 사랑이 타오르지 않도록

지나친 광기의 불길을 누그러뜨리려 할 뿐이에요.

줄리아 네가 불길을 저주하면 저주할수록, 더 타오른다.

조용히, 조용히, 졸졸 흐르는 물을   25

강제로 막으면, 너도 알잖아, 성마르게 거칠어진다는 걸.

그런데 그 물을 방해하지 않으면,

각종 풀들을 부드럽게 스치면서

빤들빤들하게 닳은 돌들과 함께 유쾌한 음악소리를 내지.

물은 흘러, 흘러 순례 길을 따라잡으면서 쫓아오다   30

때때로 구석, 구석, 돌고, 돌다가, 기꺼이 즐겁게

거친 대양으로 나가기도 하지.

그러니까 나를 가게 해줘, 흐름을 방해하지 말고.

지루하다 해도 매 걸음, 걸음을 오락 삼아 걸을 거야.

마지막 발걸음이 내 사랑에게로 데려갈 때까지,   35

조용하게 흐르는 시냇물처럼 끈기 있게 걸을 거야.

도착하면 거기서 나는 쉴 거야, 많은 고생 후에

낙원에서 축복받은 영혼들이 쉬듯이.

루세타 그런데 차림은 어떻게 하실 거예요?

줄리아 여자처럼은 아니지, 그러야 음탕한 남자들이   40

함부로 접근하는 것을 막을 수 있을 테니까.

루세타, 평판 좋은 시종에게 어울릴 수 있는

그런 차림을 생각해봐.

루세타 저런, 그러면 아가씨는 머리를 자르셔야겠네요.

45 **줄리아** 아니, 싫어. 기이한 모양을 한 스무 개의 사랑의 매듭을
비단 끈으로 엮어서 머리에 찰싹 붙게 올릴 거야.
그런 색다른 모습이, 현재 내가 보이는 것보다 더 나이든
젊은이처럼 보이게 할지 몰라.

루세타 바지는 어떤 모양으로 만들까요?

50 **줄리아** 그 따위 질문은 '아가씨, 어떤 페티코트를
입을 건지 말해주세요' 하는 것과 똑같아.
얘야, 네가 제일 좋아하는 모양으로 만들어줘.

루세타 아가씨, 바지에는 앞에 차는 주머니[30]가 있어야만 해요.

줄리아 싫어, 싫어, 루세타, 그건 어울리지 않아.

55 **루세타** 핀으로 고정시키는 앞에 차는 주머니 장식이 빠지면,
그런 바지는 모양이 흉해져요.

줄리아 루세타야, 네가 나를 사랑하니까, 예의를 적절히 갖춘 그런 옷을
입게 해다오.
그런데, 얘야, 이렇게 격에 맞지 않는 옷차림으로
여행하면 사람들은 나를 어떻게 생각할까?

60 남에 입에 오를까 봐 걱정이 되는구나.

루세타 그런 생각이드시면, 가지 마세요. 집에 계세요.

줄리아 싫어, 집에 있진 않을 거야.

루세타 그렇다면 세평 따위에 절대로 신경 쓰지 마세요,

---

30. 주머니(codpiece)는 15-16세기 유럽의 남자들이 바지 앞부분에 장식용으로 차던
주머니를 말한다.

그냥 떠나세요. 아무리 사람들이 뭐라 해도,

프로테우스 경이 여행으로 아가씨가 온 것을 반긴다면   65

아가씨가 가버린 걸 누군가가 기분 나빠해도 상관없어요.

그런데 나리께서 좋아하지 않을까 봐 걱정이에요.

줄리아 루세타, 난 그건 조금도 걱정 안 된다.

맹세를 천 번이나 하고, 눈물을 철철 흘리면서,

사랑의 증거를 한없이 보여줬었으니까,   70

분명히 프로테우스는 나를 반길 거야.

루세타 그런 짓거리들은 교활한 남자들의 전유물이에요.

줄리아 비열하게 그런 짓을 하는 남자들은 상스러워!

그런데 프로테우스는 진실한 별자리에서 태어났단다.

그의 말들은 증서와 같고, 그의 맹세는 신탁과 같단다.   75

그의 사랑은 진실하고, 그의 생각은 어떤 결점도 없고,

그의 눈물들은 그의 마음이 보낸 순결한 심부름꾼이란다.

그의 마음은 지상에서 하늘까지의 거리만큼이나 거짓과는 거리가

멀단다.

루세타 아가씨가 그분 곁에 가셨을 때, 그렇게 되기를 하늘에 기도할게요.

줄리아 넌 날 사랑하니까, 그이를 그렇게까지 나쁘게 생각하지 말거라.   80

그이의 진실성에 대해 네가 부정적 견해를 가지고 있다 해도,

그이를 좋아해야만 해. 그래야만 넌 나한테 사랑을 받을 수 있어.

곧 내방으로 함께 가서,

내가 간절히 바라는 이 여행을 위해,

필요한 목록을 적어보자.   85

내가 가진 것 모두, 내 재산, 내 토지, 내 명예 등등을

다 네 처분에 맡길게.

그 대신 여기서 나를 떠나게 해줘.

자, 대답은 나중에 들을게, 방으로 곧장 가자!

지체하는 것은 정말 참을 수 없어.

90

퇴장

3막

1장

공작, 서리오 그리고 프로테우스 등장

공작 서리오 경, 잠시 자리 좀 비켜주게나.

비밀스럽게 나눠야 할 이야기가 있어서 그러네.

서리오 경 퇴장

자, 프로테우스, 나에게 털어놓고 싶은 게 뭐지?

프로테우스 자비로우신 전하, 우정의 법칙은

5   제가 털어놓으려는 것을 감추라 하지만,

전하께서 이 하찮은 저에게 베풀어주신

자비로운 은혜를 떠올릴 때마다, 신하의 도리가 어떤 보배로도

저에게서 끌어내지 못할 사실을

말씀드리라고 재촉합니다.

10   전하, 제 친구 발렌타인은

오늘 밤 따님을 몰래 훔쳐낼 계획을 하고 있습니다.

저 자신도 그 음모에 비밀리에 관여하고 있습니다.

전하께서는 따님을 서리오에게 시집보내기로 작정하셨지만,

따님이 그분을 싫어한다는 것을 저는 알고 있습니다.

15   만약 공작님이 따님을 도적당한다면,

공작님 연세에 엄청난 고통이 될 것입니다.

그래서, 소인은 제 도리를 다하기 위해,

친구가 계획한 음모를 차라리 좌절시키기로 결심했습니다.

음모 계획을 그냥 감추어두고 막지 않으면, 공작님의 머리에

수많은 슬픔이 쌓이게 될 것이고, 이에 짓눌려 20

전하께서는 때도 되기도 전에 무덤으로 가실 수도 있으시니까요.

공작 프로테우스, 자네의 속 깊은 배려가 정말 고맙네.

답례로 내가 살아있을 때 보상을 할 테니, 무엇이든 요구하게.

그 둘의 이런 식의 사랑을 난 자주 보아왔네.

어쩌면 그 둘은 내가 깊이 잠들었다고 판단했던 것 같아. 25

그래서 난 발렌타인과 딸애를 절교시키고 그의

궁전 출입도 금지할까 하는 생각을 종종했네.

그런데 잘못된 추측으로 비열하게

그를 욕되게 할까 봐 걱정돼서,

경솔하게 행동하는 것을 지금껏 피해왔네. 30

온화한 얼굴로 그를 대하면서, 자네가 지금 나한테

폭로한 사실을 확인하려 했지.

자네는 나의 이런 걱정을 눈치챘겠지.

철없는 아이가 순식간에 유혹을 당할 수도 있으니까,

딸애를 위쪽 탑에 매일 밤 가두어놓고, 35

열쇠는 내가 늘 보관하고 있다네.

그곳에서 딸애를 훔쳐갈 수 없을 거야.

프로테우스 전하, 발렌타인은 따님의 창문으로 올라가서,

줄사다리로 그녀를 내려오게 할
40   계략을 짜냈답니다.

젊은 연인인 발렌타인이 이미 출발했으니,

줄사다리를 가지고 이쪽으로 곧 나타날 겁니다.

마음에만 걸리지 않으신다면, 이곳에서 그를 가로막을 수 있습니다.

하지만, 전하, 자애로우신 전하, 제가 폭로했다는 사실을
45   알아채지 못하도록, 정말 빈틈없이 하셔야 합니다.

친구를 미워해서가 아니라, 전하를 사랑하기 때문에

이 계획을 알려드리는 겁니다.

공작 명예를 걸고 내가 맹세할게. 이 정보를

자네한테 얻었다는 사실을, 절대로 비밀로 하겠네.

발렌타인 등장

50 **프로테우스**   전하, 물러가겠습니다. 발렌타인이 오고 있습니다.

퇴장

공작 발렌타인 경, 어디를 그렇게 바삐 가고 있나?

발렌타인 황송하옵니다, 친구들에게 제가 쓴 편지를 가져갈

심부름꾼들이 기다리고 있습니다.

그들에게 편지를 전달하려고 합니다.

55 **공작** 내용이 매우 중대한가?

발렌타인 제가 궁전에서 건강하고

행복하게 지낸다는 등의 사연이 적혀 있습니다.

공작 어, 그렇다면 상관없겠군, 잠시 나와 함께 있어도.

내 신변에 관련된 일을 자네한테 털어놨으면 하네.

그런데 비밀을 꼭 지켜줘야만 하겠네.　　　　　　60

내가 서리오 경과 내 딸을 결혼시키고 싶어 한다는 것을

자네도 모르지 않잖나.

발렌타인 그야 저도 잘 알고 있습니다, 전하.

그 결혼상대는 돈도 많고 훌륭하지요.

게다가 아름다운 따님을 부인으로 맞아들이기에 적합하게　　65

덕스럽고, 너그러운 등등 훌륭한 자질들을 풍부히 갖추고 있지요.

전하께서 따님이 그분을 좋아하도록 설득할 수 없으신가요?

공작 없네. 딸애는 고집 세고, 무뚝뚝하고, 심술궂고,

잘난 척 하고, 말도 안 듣고, 모질지. 부모에 대한 도리를

모를 뿐만 아니라, 자기가 내 자식이라고 생각하지도 않아.　　70

그러니 애비를 애비 같이 두려워하지도 않네.

자네한테 고백하지. 딸애가 이렇게 잘난 척하기 때문에

숙고 끝에 딸애에 대한 애정을 포기했네.

사실, 딸애의 어린애 같은 투정을 귀엽게

받아주면서 여생을 보내려 했었는데,　　　　　　75

이제 난 아내를 맞기로 결심했다네.

누구든 딸애를 받아주기만 하면 줘버리려 하네.

그 애의 미모가 결혼 지참금이 될 걸세,

딸애가 이 애비나 애비의 재산을 상관도 하지 않으니까.

80 **발렌타인** 제가 무엇을 해드릴 수 있을까요?

공작 베로나에서 온 한 부인이 있는데, 내 마음에 드네.

그런데, 그녀는 부끄러워하면서 나와 거리를 두고

이 늙은이의 호소를 조금도 개의치 않네.

너무 오래 전 일이라 난 구애하는 법을 잊어버렸나 봐.

85 그래서 자네를 선생으로 모셨으면 하네.

게다가, 요새는 유행도 바뀌어,

그녀의 태양같이 밝은 눈에 들려면 어떻게,

어떤 식으로 행동할지를 모르겠네.

발렌타인 말로 통하지 않으면, 선물 공세를 하세요.

90 살아있는 말보다 조용히 말없는 보석들이

여자의 마음을 더 감동시킨답니다.

공작 그런데 그녀는 내가 보낸 선물을 조롱했네.

발렌타인 여자란 때때로 정말 마음에 들어도 오히려 조롱하듯 말한답니다.

다시 선물을 보내보세요. 절대로 포기하시면 안 됩니다.

95 조롱으로 시작한 사랑이 더 강렬해지거든요.

그녀가 찡그린다 해도, 그건 전하를 미워해서가 아닙니다.

오히려 전하에게 더 많은 사랑을 주기 위한 겁니다.

그녀가 찡그리는 건, 전하를 가버리게 하려고 그러는 게 아닙니다.

혼자 내버려두면, 그 바보들은 미쳐버려요.

100 그녀가 무슨 말을 하더라도, 절대로 물러서지 마십시오.

'가버려'라고 말하는 건 '사라져'라는 뜻이 아니니까요.

그녀의 매력에 대해 아첨 떨면서 칭찬하세요.

아무리 얼굴이 검어도, 천사의 얼굴을 가졌다고 말씀하세요.

혀로 여자의 마음을 살 수 없으면,

아무리 구변이 좋아도, 대장부가 아니랍니다.   105

공작 내가 관심을 보이는 부인은 가족들의 알선으로

지체 있는 젊은 신사와 약혼을 한 상태네.

그래서 다른 남자들과의 왕래가 엄격하게 금지되어 있고,

어떤 남자도 낮에는 접근하지 못한다네.

발렌타인 저런, 저라면 밤에라도 찾아가겠습니다.[31]   110

공작 아아, 그런데 문들은 모두 잠겨 있고, 열쇠들은 안전하게 보관되어

있다네.[32] 그래서 어떤 사내도 밤이라 해도 그녀에게 얼씬 못하지.

발렌타인 그럼, 창문으로 들어가시면 왜 안 되죠?

공작 그 부인의 방은 높이 지상에서 멀리 떨어져 있어.

게다가, 누가 보든 목숨을 걸지 않고서는 올라갈 수 없게,   115

툭 밖으로 튀어나와 있거든.

발렌타인 그러면, 줄로 정교하게 만들어진 사다리에 한 쌍의

고정 갈고리를 달아서 던지세요. 그 사다리로 차곡차곡 올라가면

제2의 헤로의 탑까지 이르게 될 겁니다.

대담한 리앤더라면 그것을 감행할 거예요.   120

공작 자, 자네는 혈통 있는 신사니까, 믿고 부탁 하나 하세.

어디서 그런 사다리를 얻을 수 있을지 좀 알려주게.

---

31. 이 대사는 성적 암시로 가득 차 있다. '찾아가겠다'로 번역한 'resort to'에서 'resort'
는 동사이지만, 'resort'는 명사로도 쓰인다. 그 뜻 중에 하나가 '사창가'이다.

32. '문을 잠가놓고'는 '처녀성을 지키는 것'을 뜻하고 '열쇠'는 '남성의 성기'를 뜻한다.

발렌타인 언제 필요하신데요? 말씀만 하세요.

공작 바로 오늘 밤 필요하지. 사랑이란 어린애 같아서

125 자기가 가질 수 있는 모든 것을 갖고 싶어 하잖나.

발렌타인 7시까지 가져다 드리겠습니다.

공작 그런데, 잘 듣게. 그 부인한텐 나 혼자 가겠네.

어떡하면 사다리를 거기로 안전하게 들고 갈 수 있을까?

발렌타인 사다리가 가벼워서, 어떤 기장의

130 망토든 속에 지니고 갈 수 있답니다.

공작 기장은 자네 망토만 하면 되겠는가?

발렌타인 그럼요, 전하.

공작 그러면 자네 망토 좀 보여주게.

같은 기장의 망토를 하나 마련하려 하네.

발렌타인 그럴 필요 없으세요, 전하, 어떤 망토든 다 괜찮습니다.

135 **공작** 망토는 어떻게 입어야 하지?

자네 망토를 한번 입어보세.

망토를 받으면서, 편지와 사다리를 발견한다.

무슨 편지지? 여기 뭐라 쓰여 있는 거야? [읽는다.] '실비아에게'!

아, 여기 내 계획에 적합한 장비가 있네.

이번만 대담하게 편지를 좀 뜯어보자. [읽는다.]

140 '내 생각들은 밤마다 실비아와 함께 있소,

생각들은 나의 하인이오, 당신에게 지금 날아가게 하겠소.

아, 그 주인도 재빠르게 오갈 수 있다면,

감각 없이 생각들이 누워있는 곳에, 그도 누워 있을 것을.

나의 생각들은 당신의 순결한 품에 안겨 있지만,

그것들을 거기로 성마르게 보낸 주인인   145

나는 그들에게 축복을 내렸던 그 은혜를 저주하고 있네.

하인들도 누리는 그런 행운이 없기 때문이지.

그것들을 보내놓고서, 주인이 있어야 할 곳에 그것들이

머물고 있다고, 나 자신을 저주하네.'

여긴 뭐라 쓰여 있지?   150

'실비아, 오늘 밤 그대를 해방시키리다!'

역시 그렇군. 여기에 그걸 위한 줄사다리가 있네.

이런, 파에톤 같으니[33] − 너 메롭스[34]의 아들이 틀림없구나 −

그래, 무모한 광증으로 세계를 불바다로 만들려고

천상의 마차를 몰고 가기를 열망하느냐?   155

별이 자네한테 비춘다고, 별에 가겠다고 하느냐?

---

33. 공작은 발렌타인을 매도하기 위해 그리스 신화에 등장하는 주제넘은 야망의 대표
적 인물인 파에톤에 발렌타인을 빗대어 이야기한다. 파에톤은 태양신 헬리오스의
사생아로 헬리오스 신의 마차를 몰다가 지구에 큰 불을 낼 뻔한다. 제우스의 개입
으로 다행히 이 큰 화재를 지구는 피할 수 있게 된다. 제우스가 마차를 모는 파에
톤을 마차에서 떨어트려 죽음을 맞게 했기 때문이다.

34. 메롭스는 파에톤의 어머니가 결혼한 사람이다. 공작은 파에톤을 메롭스의 아들이
라 함으로써 그가 헬리오스 신의 아들임을 부인한다. 공작이 이런 말을 하는 것은
발렌타인을 매도하기 위함이다. 공작의 발렌타인 매도는 여기서 멈추지 않는다.
'Merops'를 가지고 말놀이[‘Merops’는 한편 ‘Merops’를 의미하면서 또 한편 ‘줄
사다리’를 의미]를 함으로써 발렌타인은 ‘줄사다리의 아들’이 된다. 더 이상 비하
할 수 없는 상태까지 공작은 발렌타인을 비하한다.

꺼져버려, 비열한 침입자, 자만에 찬 노예 같은 놈,
자네가 넘볼 수 있는 상대에게나 그 알랑대는 웃음을 지어보이게.
내가 꾹 참고, 그럴 가치도 없는
160   자네가 여기서 떠나는 걸 허락하겠네.
지금껏 자네에게 베풀었던
어떤 호의들보다
더 고마워해야 하네.
자네가 신속하게 왕궁을 떠나지 못하고
165   내 영토 안에서 지체한다면,
맹세코, 나의 분노는
지금껏 내 딸에게나 자네에게 보여줬던 사랑보다 더
강력할걸세. 떠나게! 자네의 변명을 듣지 않겠네.
목숨이 아깝거든, 여기서 빨리 떠나게.

퇴장

170 **발렌타인** 살려둔 채 고문하느니 차라리 죽이시지?
죽는다는 것은 나 자신으로부터 추방당하는 일,
그런데 실비아는 나 자신. 그러니 그녀로부터 추방당하는 것은
나 자신으로부터 추방당하는 거야, 그건 사형선고나 마찬가지지.
실비아를 볼 수 없다면, 빛이 빛인가?
175   실비아가 곁에 없다면, 그녀가 곁에 있다는 것을
생각할 수 없다면, 그녀의 완벽한 이미지를
주식으로 삼을 수 없다면, 기쁨이 기쁨인가?

밤에 실비아가 내 곁에 없다면,

소쩍새 우는 소리에 어떤 음악도 없어.

낮에 실비아를 바라볼 수 없다면,   180

내게는 바라볼 태양이 없는 거야.

그녀는 나의 생명, 그녀의 엄청난 힘에 힘입어,

양육되고, 비추어지고, 아낌을 받으면서,

살아있지 않으면, 나는 존재하지 않는 거야.

전하가 내린 죽음의 저주를 피한다고 죽음에서 벗어난 건 아니야. 185

여기서 지체하면, 죽음에 시중을 들어야만 해.

그런데 여기서 도망가면, 생명으로부터 도망가는 거지.

프로테우스와 랜스 등장

프로테우스 얘야, 빨리 뛰어가, 빨리. 그분을 찾아내거라.

랜스 저기, 저기를 보세요!

프로테우스 뭐가 있는데?   190

랜스 우리가 찾으려는 분이요. 머리에 토끼는 한 마리도 없지만[35]

분명 발렌타인 나리세요.

프로테우스 발렌타인이니?

발렌타인 아닌데.

프로테우스 그러면 누구지? 그의 혼령인가?   195

발렌타인 아니.

---

35. 'hair'와 'hare'의 발음이 같음을 이용하여 말장난한다. 발렌타인이 머리숱이 많지
않음을 암시한다.

프로테우스 그러면 뭐지?

발렌타인 아무것도 아니야.

랜스 아무것도 아닌 게 말할 수 있나요? 쥔님, 제가 때려볼까요?

200 **프로테우스** 누구를 때리고 싶은데?

랜스 아무것도 아닌 거요.

프로테우스 이놈아, 참아라.

랜스 왜 그러세요, 아무것도 아닌 걸 때리려는데요.

프로테우스 이놈아, 그만둬. 발렌타인, 한 마디만 할게.

205 **발렌타인** 내 귀는 꽉 막혔어. 그래서 좋은 소식이라 해도 들을 수 없네.

이미 너무 많은 나쁜 소식들로 꽉 차있거든.

프로테우스 그러면 가져온 소식을 무언의 침묵 속에 묻어버리겠네.

듣기 거북할 정도로 냉혹하고 나쁜 소식이거든.

발렌타인 실비아가 죽었나?

210 **프로테우스** 아니, 발렌타인.

발렌타인 사실, 성스러운 실비아에게 발렌타인은 존재하지 않아.

그녀가 나를 포기했나?

프로테우스 아니.

발렌타인 실비아가 포기했다면, 어 발렌타인은 없는 거나 마찬가지거든.

자네가 가져온 소식은 뭐지?

215 **랜스** 도련님이 사라졌다는³⁶ 포고문이 붙었어요.

프로테우스 자네가 추방당했다는 포고문. 정말, 그건 뉴스거리지!

---

36. 랜스는 'banished'를 'vanished'라 잘못 말한다. 이와 같은 말의 실수를 관객들은
재미있어 한다.

이곳에서 떠나야 하고, 실비아, 그리고 자네 친구인 나와 헤어져야

　한대.

발렌타인　아, 이미 난 비탄을 주식으로 삼고 있어.

　그런데 너무 먹어 물려버렸어.

　실비아는 내가 추방당한 걸 알고 있나?　　　　　　　　　220

프로테우스　그럼, 물론이지. 역전의 상황이 벌어지지 않는 한,

　확실하게 시행되기로 되어있는 언도 소식에, 그녀는

　애간장을 녹이는 진주 같은 눈물을 철철 바닷물만큼 흘렸다네.

　겸손해진 그녀는 무릎을 꿇고,

　슬픔으로 더욱 창백해진 것 같은　　　　　　　　　　　　225

　창백함이 잘 어울리는 손을 쥐어짜면서,

　아버지의 무정한 발에 뚝뚝 눈물을 흘렸지.

　그러나 구부린 무릎도, 애원하듯 올린 하얀 두 손도,

　애달픈 한숨과 깊은 신음소리도, 뚝뚝 떨어지는 은빛의 눈물도

　무정한 아버님의 마음을 움직일 수 없었네.　　　　　　　230

　그런데 발렌타인, 자네는 잡히면, 죽음을 피할 길이 없네.

　그래서, 자네 죄를 철회해달라고 실비아가 간절히 탄원했네.

　그 탄원에 아버지는 화가 몹시 나서,

　그녀를 가두라고 명령을 내렸지,

　셀 수도 없이 지독하게 협박을 하면서, 거기서 살라고 했네.　235

발렌타인　그만하게, 자네가 할 다음 말이

　악의에 찬 마력으로 내 목숨에 작용한다면 몰라도.

　그렇다면, 나의 한없는 애통함을 담은 비가로

그것을 내 귀에 대고 불러달라고 애원하겠네.
240 **프로테우스** 어떻게 할 도리가 없으니까, 그만 한탄하게.
자네가 한탄하는 것에 대한 해결책을 연구해보게.
시간은 모든 것이 잘되게 보살피고 키워주지.
자네가 여기 머문다 해도, 자네의 애인을 볼 수 없을 걸세.
게다가, 자네 목숨을 단축할 수밖에 없네.
245 희망은 연인의 지팡이지. 그 지팡이를 가지고 걸으면서,
절망적 생각들을 휘둘러 물리치게.
자네가 여기를 떠난다 해도, 편지를 보낼 수 있잖나.
편지를 내게 보내면, 자네 애인의 우유 같은
하얀 가슴에 전달해줄게.
250 지금은 자세히 의논할 시간이 없네.
자, 자네를 도시 성문까지 바래다주겠네.
그리고, 우리 헤어지기 전에, 자네 사랑문제에 관한
모든 것을 자세히 의논하세.
자네 자신을 위해서만은 아니네. 실비아를 사랑한다면
255 자네의 신변 위험을 걱정해야 하네. 자 함께 가세!
발렌타인 랜스, 부탁하네. 내 하인을 보면,
서두르라고 해주게. 북문에서 내가 기다리고 있다고.
프로테우스 야, 가서, 그놈을 찾도록 해라. 가세, 발렌타인.
발렌타인 오 나의 사랑하는 실비아! 불쌍한 발렌타인!

발렌타인과 프로테우스 퇴장

랜스　이봐, 난 그저 바보 멍청이지만, 우리 주인이 악당인 것을 눈치 260
챌 머리는 있지. 쥔님이 악당이라 해도, 내가 무슨 상관이람. 난
사랑에 빠졌거든. 내가 사랑에 빠진 걸 알고 있는 사람은 지금 현
재 아무도 없어. 두 필의 말이 있어도 나한테서 그 비밀을 끌어낼
수 없을 거야. 내가 누구를 사랑하는지를 전혀 알아낼 수 없을 거
야. 아무튼 내가 사랑하는 건 여자야. 하지만 어떤 여자인지 절대
말하지 않을 거야. 젖 짜는 여자야. 그런데 처녀는 아니야, 대부 265
모가 여럿인 걸 보면. 처녀가 아니고 하녀지,[37] 주인을 모시면서
급료를 받으며 일하거든. 워터 스패니얼 종[38]보다 타고난 재주가
더 많아. 그런 재주는 보통 기독교인에게 많이 찾아볼 수 있지.
[종이를 끄집어낸다.] 여기 그녀의 신상 목록이 있군. 맨 첫째, [읽는다.]
'그녀는 이것, 저것 다 할 수 있다.' 저런, 말보다 훨씬 낫군. 말은 270
나를 수는 있지만, 가져올 수는 없으니까. 그녀는 비루먹은 말보
다 낫네. 둘째, '그녀는 젖을 짤 수 있다.' 어, 그건 깨끗한 손을
가진 처녀의 예쁜 미덕이지.

스피드 등장

스피드　아, 랜스 나리! 자네 쥔님(mastership) 관련 소식이 있나?
랜스　쥔님이 타고 온 선박(master's ship)을 말하는 건가?[39] 이런, 그건

---

37. 'maid'의 두 뜻인 '처녀'와 '하녀' 가지고 말놀이를 한다.
38. 물새 사냥에 길들여진 스패니얼 종의 개이기 때문에 'water spaniel'이라 불린다.
39. 스피드는 동일하게 발음되면서 다른 의미를 가지는 '주인님'(mastership)과 '주인
　　님이 타고 온 배'(master's ship)를 가지고 말장난을 한다.

아직 바다에 있어.

275 **스피드** 어, 말 잘못 알아듣는 자네 옛 버릇은 그대로군. 그런데, 그 종이쪽지엔 무슨 소식이 들어 있나?

랜스 자네가 들어본 중 가장 깜깜한 소식.

스피드 저런, 어떻게 깜깜한데?

랜스 어, 잉크처럼 깜깜해.

280 **스피드** 읽어보자.

랜스 쳇, 돌대가리인 주제에. 읽을 줄도 모르면서.

스피드 자넨 거짓말쟁이야, 난 읽을 수 있어.

랜스 시험해봐야지. 자, 말해보게. 누가 자네를 낳았나?

스피드 아이고, 우리 할아버지 아들이.

285 **랜스** 저런, 무식한 게으름뱅이 같으니라고! 자네를 낳은 건 할머니 아들이야. 바로 이걸로 자네가 읽을 수 없다는 게 증명되지.

스피드 자, 자 바보야, 쪽지로 나를 시험해보게.

랜스 [종이쪽지를 준다.] 거기. 빨리 읽어보게.

스피드 '그녀는 젖을 짤 수 있다.'

290 **랜스** 그래, 그건 할 수 있어.

스피드 '그녀는 좋은 술을 담글 수 있다.'

랜스 그래서 이런 속담이 있는 거야. '마음이 축복받으면, 좋은 술을 담글 수 있다.'

스피드 '그녀는 바느질(sew)을 할 수 있다.'

295 **랜스** '그렇게(so) 할 수 있어?'[40]라고 말하려는 것 같다.

---

40. 'sew'와 'so'로 발음은 동일하나 의미가 다름을 가지고 말놀이 한다.

스피드 '그녀는 뜨개질을 할 수 있다.'

랜스 뜨개질을 하면 스타킹(stock)을 짤 수 있는데 지참금(stock)[41]에 신경 쓸 필요가 뭐가 있겠어?

스피드 '그녀는 씻을 수 있고 빨래도 할 수 있다.'[42]

랜스 대단한 미덕이네, 그러면 쓰러질 필요도, 얻어맞을 필요도 없겠네.   300

스피드 '그녀는 실을 자을 수 있다.'

랜스 실을 자아 먹고 살 수 있으면, 난 편안히 놀고먹을 수 있겠네.

스피드 '그녀는 이름 없는 여러 미덕들을 지니고 있다.'   305

랜스 그건 '잡종 같은 미덕'이라 불러도 되겠네, 그것들의 아버지를 모르니까 이름이 없는 건 당연하지.

스피드 이하는 그녀의 악덕들.

랜스 악덕이 미덕의 뒤를 바짝 쫓고 있군.

스피드 그녀는 '입 냄새 때문에 절대로 단식을 해선 안 된다.'   310

랜스 음, 그까짓 흠은 아침 먹는 것으로 해결될 수 있지. 계속 읽게.

스피드 '그녀는 달콤한 것을 좋아한다.'[43]

랜스 그거로 고약한 입 냄새는 해결되겠네.

스피드 '그녀는 잠꼬대를 한다.'

---

41. 'stock'의 두 가지 뜻인 스타킹과 지참금을 가지고 말놀이 한다.
42. '씻고 빨래하다(wash and scour)'의 곁말은 '몹시 칠 수[strike violently]도 있고 때릴 수도 있다'이기 때문에 랜스가 '쓰러질 필요도 얻어맞을 필요도 없겠네'로 응수한 것이다.
43. '달콤한 것을 좋아하다'는 '바람기 있고 색을 밝히다'라는 뜻을 가진다.

³¹⁵ **랜스** 그건 문제 될 거 없어. 실수(sleep)⁴⁴할 염려가 없으니까.

스피드 '그녀는 말할 때 진중하다.'

랜스 악당 같으니라고, 그걸 악덕에 집어넣다니!

말을 진중하게 하는 건 그 여자의 유일한 미덕이야.

제발 그걸 거기서 빼서, 주요 미덕에 포함시켜주게.

³²⁰ **스피드** '그녀는 자존심이 강하다.'

랜스 그것도 또한 악덕에서 빼버리게. 그건 이브의 유산이어서,

여자한테서 그걸 없앨 수 없어.

스피드 '그녀에게는 이가 없다.'

랜스 그것도 문제될 게 없어. 난 빵 껍질 모양의 잇몸을 사랑하거든.

³²⁵ **스피드** '그녀는 사납고 앙알댄다.'

랜스 어, 그 중 제일 마음에 드네. 물어뜯을 이가 없으니 문제될 게 없거든.

스피드 '그녀는 자기가 만든 술을 맛본다.'

랜스 술이 좋은지 맛보는 건 당연한 일이야. 그녀가 맛보지 않으면,

나라도 맛봐야 하거든. 왜 그런가 하면 좋은 것들은 맛을 봐야만

하니까.

³³⁰ **스피드** '그녀는 너무 헤프다.'

랜스 혀를 두고 그런 말을 했을 리 없어. 말할 때 진중하다 했으니까.

그렇다고 돈지갑을 헤프게 풀지도 않을 거야. 내가 입 다물고

아무 말도 안하니까. 그런데,

한 가지 물건⁴⁵에 대해서는 헤플 수 있어. 그건 어쩔 도리가 없어.

---

44. 'sleep'을 'slip(실수)'의 뜻으로 사용하여 말장난을 한다.
45. 여기서는 여자의 성기를 뜻한다.

자, 계속하게.

스피드 '그녀는 지혜보다 머리카락이 많고, 머리카락보다

단점들이 많고, 단점들보다 재산이 많다.'   335

랜스 거기 잠깐. 그녀를 마누라로 삼을 거야. 한때 그녀는 내 거였지.

그녀를 마누라로

삼을까 말까 두세 번 망설였지. 아. 마지막 항목 때문이야. 그걸

다시 읽어주게나.

스피드 '그녀는 지혜보다 머리카락이 더 많다.'

랜스 지혜의 양보다 머리카락 양이 더 많다? 그럴 수도 있지. 그걸 증

명해볼게.

소금을 뚜껑으로 덮는다. 그러니까 뚜껑이 소금의 양보다 더 큰 거지.   340

마찬가지로 머리카락이 지혜를 덮고 있다. 그러니까 머리카락이 지혜

보다 더 많은 거야.

많은 게 적은 걸 덮는다는 거지. 그 다음은?

스피드 '머리카락보다 단점이 더 많다.'

랜스 말도 안 돼. 제발 그건 없었으면 좋겠다!

스피드 '그리고 단점들보다 재산이 더 많다.'   345

랜스 저런, 재산이라는 말이 단점까지 매력적으로 만드는데. 음, 난 그녀를

마누라로 삼을 거야. 적극적 마음을 가지면, 불가능한 일은 없어.

스피드 그 다음은?

랜스 음, 자네한테 할 말이 있는데. 자네 쥔님이 북문에서

기다리고 계셔.   350

스피드 나를?

랜스 자네를? 그런데, 자네는 누구지? 자네보다 나은 사람을 기다리고
계시는데.

스피드 그럼 가봐야 하는 거야?

355 **랜스** 뛰어가야만 해. 어쩌면 가도 소용없을지 몰라. 자넨 여기서 너무
오래 있었거든.

스피드 왜 좀 더 빨리 알려주지 않았어?

편지를 돌려준다.

염병할 연애편지!

퇴장

랜스 내 편지를 읽다 늦은 거야. 이제 얻어터지겠네. 버릇없는
360 종놈이 남의 비밀을 파고들다니! 뒤쫓아 가서, 얻어맞는 꼴을 봐야지.
재밌겠다!

퇴장

2장

공작과 서리오 등장

공작 서리오 경, 발렌타인이 이제 내 딸 눈앞에서 사라졌으니,
딸애가 자네를 사랑하지 않을까 봐 걱정하지 말게.

서리오 그런데 그자가 추방된 후로, 따님은 저를 몹시 미워하는데요.
함께 있고 싶어 하지 않는 것은 물론 조롱까지 하거든요.
그래서 그녀의 마음을 얻는 것에 대해선 자포자기 상태입니다. 5

공작 사랑이란 기억이 희미해지면, 얼음으로 조각된
형상과 같아서, 한 시간의 열만 가해도
물로 변하면서 그 형태를 잃게 되지.
머잖아 내 딸의 얼어붙은 생각이 녹아,
보잘 것 없이 된 발렌타인을 잊게 될 걸세. 10

프로테우스 등장

어이, 프로테우스 경, 고향친구는 떠났나?
포고령에 따라서?

프로테우스 떠났습니다, 전하.

공작 그자가 떠나서, 내 딸은 몹시 괴로워하고 있네.

프로테우스 전하, 머잖아 그 괴로움은 사라질 겁니다. 15

공작 나도 그렇게 믿네. 그런데 서리오 경은 그렇게 생각하지 않아.

프로테우스, 난 자네를 높이 평가하네,

보상받을 만한 멋진 행동을 보여줬으니까.

그래서 자네와 적극 상의하고 싶네.

20 **프로테우스** 온 마음을 다해 충성을 받치겠습니다. 그렇게 못한다면,

살아생전에 전하를 뵙지 않겠습니다.

공작 내가 서리오 경과 내 딸을 얼마나 결혼시키고

싶어 하는지 알고 있잖나?

프로테우스 알고 있습니다, 전하.

25 **공작** 그 애가 내 뜻을 거스르고 반항하고 있다는 사실도

자네가 모르는 바 아니잖나?

프로테우스 전하, 발렌타인이 이곳에 있었을 땐, 그랬었죠.

공작 맞네, 그런데 지금도 심술궂게 고집을 부리고 있다네.

딸애가 발렌타인에 대한 사랑을 잊고,

30 서리오 경을 사랑하게 하려면 어떻게 하면 좋겠나?

프로테우스 제일 좋은 방법은 발렌타인을 거짓되고, 비겁하고, 비천한

출신이라고

비방하는 겁니다. 여자들은 이 세 가지를 제일 싫어합니다.

공작 알고 있네, 하지만 딸애는 내가 그자를 미워해서 그런 말들을

한다고 생각할거네.

35 **프로테우스** 당연하지요, 적이 그런 말을 한다면은.

그래서 따님이 친구라고 생각하는 누군가를 시켜

우연인 듯이 자세하게 말하게 해야 합니다.

공작　그렇다면 자네가 맡아서 그자를 비방해야겠네.

프로테우스　전하, 그건 꺼려집니다.

신사에게는 거북한 일이거든요.　　40

더구나 자신의 친구를 비방하는 일은.

공작　자네가 좋게 말한다고 그자를 이롭게 하지 않으니까,

비방한다고 해서 절대로 그자를 해칠 일도 없네.

그러니, 그 일은 해도 무방하네.

자네 친구가 간청해서 하는 것뿐이니까.　　45

프로테우스　전하가 이기셨습니다.

어떻게든 제가 그자를 헐뜯을 수 있다면,

그자에 대한 따님의 사랑은 오래 가지 않을 겁니다.

문제는 발렌타인에 대한 따님의 사랑을 뿌리째 뽑는다 해서,

따님이 서리오 경을 사랑하게 되지는 않을 거라는 겁니다.　　50

서리오　그러니까, 아가씨가 그자에게 감아놓았던

사랑의 실타래를 엉키지 않게 자네가 잘 풀어서,

나에게 감기도록 해줘야만 하네.

발렌타인 경의 됨됨이를 헐뜯으면서 실타래를 풀고,

나를 칭찬하면서 실타래를 감아주게.　　55

공작　프로테우스, 이런 일에 자네는 믿음이 가네.

자네가 발렌타인에 대해 보고할 때, 난 이미 자네가

사랑의 신의 확고한 신봉자로

자네가 쉽게 모반하거나 변절하지 않을 거라는 걸 알았기 때문이지.

이것을 보증서 삼아, 자네가 실비아와 자유롭게 얘기할 수 있는　　60

곳으로 출입하는 것을 허용하겠네.

딸애는 기분이 울적할 뿐만 아니라, 무기력하고, 우울하니까,

자네 친구를 위해서라도, 자네를 반길 걸세.

그때를 이용해 딸애를 설득해서, 젊은 발렌타인을 미워하게 하고

65 내 친구 서리오를 사랑하도록 마음을 돌려주게나.

프로테우스 최선을 다하도록 하겠습니다.

그런데, 서리오 경께서는 강렬한 열정이 없으시네요.

그녀의 사랑을 꽉 붙들어 맬 끈끈이를 놓아야 합니다. 애틋한 가락의

소네트가 제격이죠. 소네트는 운율이 맞아야 하고

70 그럴싸한 맹세들로 가득해야 합니다.

공작 맞네, 하늘이 주신 시의 힘은 대단하니까.

프로테우스 그녀의 아름다움의 제단에

당신의 눈물, 한 숨, 그리고 사랑을 바치고,

잉크가 말라 없어질 때까지 편지를 쓰십시오.

75 그리고서 다시 눈물로 잉크를 적셔, 진실성이 담긴

감성적 구절을 만들어보세요.

오르페우스의 류트 줄은 시인의 힘줄로 팽팽하게 매어 있습니다.

시인의 황금 같은 손길은 쇠도, 돌도 부드럽게 하고,

호랑이도 길들이고 거대한 괴물도 깊고 깊은 바다를

80 버리고 나와 모래 위에서 춤을 추게 한답니다.

애절한 사랑의 노래를 편지로 보낸 다음,

밤마다 악사들과 함께 아가씨 방 창문 밑에

찾아가세요. 그리고 악기들에 맞추어

구슬픈 노래를 부르세요. 밤의 죽음 같은 정적은

달콤하게 호소하는 구슬픈 감정에 잘 어울린답니다. ₈₅

이 길만이, 오로지, 아가씨를 사로잡을 겁니다.

공작 이런 충고를 하는 것으로 보아, 자네는 분명히 사랑에 빠져 있군.

서리오 그러면 그 충고를 오늘 밤 실천하도록 하세.

그러니까, 친절한 프로테우스,

곧장 시내로 가서 ₉₀

음악 연주를 잘할 수 있는 사람들을 선발하세.

내게 소네트가 한 편 있으니까, 자네의 멋진

충고를 실천할 수 있네.

공작 그럼, 당장 실천하게!

프로테우스 저녁식사까지는 전하를 모시겠습니다. ₉₅

그 후 절차를 결정하도록 하겠습니다.

공작 지금 당장 시작하게! 실례하겠네.

4막

1장

추방자들 등장

추방자1 동지들, 자리를 지키게. 행인이 오고 있네.

추방자2 열 놈이 와도 움츠러들지 말고, 때려 눕혀.

발렌타인과 스피드 등장

추방자3 거기 서라! 가진 걸 우리한테 던져.

　　　　말 안 들으면, 강제로 꿇어앉히고 몸수색을 하겠어.

5　**스피드** 쥔님, 우린 망했어요. 이자들을 나그네들은 정말 두려워

　　　　합니다. 악당들이거든요.

발렌타인 동지들. . .

추방자1 천만에, 우린 적이요.

추방자2 조용히 해! 한번 들어보세.

10　**추방자3** 좋소. 내 수염을 걸 테니, 들어봅시다. 잘생긴 분이시니까.

발렌타인 난 빼앗길 재물이라곤 하나도 없소.

　　　　역경에 처한 사람이오.

　　　　재산이라고는 이 낡아빠진 옷뿐이오.

　　　　이 옷을 벗겨 가면

15　　　　난 전 재산을 빼앗기는 거요.

추방자2 어디로 가는 중이오?

발렌타인 베로나로.

추방자1 어디서 오셨소?

발렌타인 밀라노에서.

추방자3 거기서 오래 머물렀소? 20

발렌타인 대략 16개월쯤. 심술궂은 운명이

　　　　　 방해하지 않았더라면, 더 오래 머물렀을 거요.

추방자1 거기서 추방당했소?

발렌타인 그렇소.

추방자2 죄목이 뭐요? 25

발렌타인 말하기조차 고통스러운 죄요.

　　　　　 사람을 죽였습니다. 지금은 굉장히 후회하고 있소.

　　　　　 하지만 사나이답게 싸우다가 살인까지 하게 된 거요.

　　　　　 부당하게 유리한 위치를 차지하지도, 비열한 계략도 쓰지 않았소.

추방자1 저런, 그렇다면 절대로 후회하지 마십시오. 30

　　　　　 그러니까, 별 것 아닌 잘못으로 추방당한 셈이죠?

발렌타인 그렇소. 이 정도의 벌을 받았으니 다행이었소.

추방자2 외국어를 할 줄 아시나요?

발렌타인 어린 시절의 노력으로 능숙해졌소.

　　　　　 그렇지 않았다면, 여러 차례 힘들었을 겁니다. 35

추방자3 로빈 후드의 뚱보 수사 대머리에 맹세합니다.

　　　　　 이분을 우리 동지들의 두목으로 모셨으면 합니다!

추방자1 나는 찬성. 동지들, 한 마디씩 의사를 표명하게.

추방자들은 신중히 의논한다.

스피드 쥔님, 이들 패거리의 일원이 되세요.

40 　　　　이들의 강도짓은 나름 품위가 있는데요.

발렌타인 조용히 해, 이놈아.

추방자2 여쭐 말이 있는데, 저 의탁할 데가 있으신가요?

발렌타인 내 팔자밖에 없소.

추방자3 사실 우리들 중에, 통제 불능의 신사들이 있소.

45 　　　　젊은 혈기 때문에, 존경받던 무리에서

　　　　쫓겨난 자들이랍니다.

　　　　나 자신도 베로나에서 추방당했습니다.

　　　　공작님과 가장 가까운 혈연이며 상속권자인,

　　　　아가씨를 몰래 훔쳐내려 했기 때문입니다.

50 **추방자2** 저는 만토바에서 추방당했습니다. 화를 주체 못해

　　　　한 신사의 심장을 찔렀답니다.

추방자1 저도 그와 비슷한 사소한 죄로 추방당했습니다.

　　　　핵심을 말하자면, 이처럼 실수들을 끌어대는 것은

　　　　저희들의 무법한 생활을 변명할까 해서입니다.

55 　　　　당신은 잘생겨 멋진데다, 당신 말을 믿자면,

　　　　여러 나라 말에 능통하십니다.

　　　　우리의 정말 부족한 면을 온전하게 해주실

　　　　완벽한 분이십니다.

추방자2 사실 무엇보다도, 당신이 추방당한 분이시기 때문에,

이렇게 교섭을 벌이는 겁니다. 60

운명을 미덕으로 알고, 이처럼 황량한 곳에서

우리처럼 살면서, 기꺼이 우리의 두목이

되어주시지 않겠습니까?

추방자3 뭐라고 말씀하실 겁니까? 우리와 함께 하시겠습니까?

'좋아'라고 허락해주세요. 우리 모두의 두목이 되어주십시오. 65

사령관이자, 왕으로 우리는 당신을 사랑하고,

존경하면서 다스림을 받겠습니다,

추방자1 그런데 만약 저희 간청을 무시하시면, 죽여버릴 겁니다.

추방자2 저희가 간청했다는 사실을 자랑하라고 살려두지는 않겠습니다.

발렌타인 당신들의 청을 받아들이고 함께 지내기로 하겠소. 70

하지만 연약한 여자들이나 불쌍한 나그네들에게

무례하게 굴지 말아야 하오.

추방자3 걱정하지 마십시오. 저희들은 그런 더럽고 비열한 짓을 질색해

합니다.

자, 가십시다. 저희 동료들에게 모시고 가겠습니다.

그리고 저희가 가진 보물들을 죄다 보여드리겠습니다. 75

저희들 자신은 물론, 보물들도 모두 두목님이

마음대로 처분하실 수 있습니다.

2장

프로테우스 등장

프로테우스 이미 난 발렌타인을 배신했어.

지금은 서리오에게 부당하게 행동하고 있지.

이자를 칭찬하는 척하면서,

나를 위한 사랑 사업을 벌이고 있단 말이야.

5 그런데 실비아는 너무나 아름답고, 너무나 진실하고,

너무나 성스러워 나의 하찮은 말재주 따위로 매수할 수 없어.

아가씨에게 진정으로 충성을 받치겠다고 찬양하면,

친구에게 불충실하다고 나를 꾸짖지.

그녀의 미모를 내가 찬양하면,

10 전에 사랑했던 줄리아와의 신의를 어기면서,

어떻게 맹세를 깨버렸는지를 생각하게 만들지.

최소의 몇 마디로 애인의 희망을 꺾어버릴 정도로,

매섭고 냉소적으로 그녀가 말하는데도 불구하고,

차이면 차일수록, 사냥개처럼, 난 더욱 더 그녀를

15 사랑하면서 계속 아양을 떨고 있네.

서리오와 연주자들 등장

저기 서리오가 오고 있네. 이제 그녀의 창가에 가서
저녁 음악을 들려줘야지.

서리오 프로테우스, 어떻게 슬그머니 우리보다 앞서 왔소?

프로테우스 오, 서리오, 사랑이란 갈 수 없는 곳을

슬그머니 가곤 하잖소.   20

서리오 아. 그런데, 자네가 지금 사랑에 빠져 있지 않기를 바라오.

프로테우스 저런, 근데 난 사랑에 빠졌소. 안 그러면, 여기에 안 왔을 거요.

서리오 누구를 사랑하오? 실비아를?

프로테우스 그렇소, 실비아요, 그런데 서리오 당신을 위해서지요.

서리오 감사할 뿐이오. 자, 여러분들,

신나게 연주해주세요.   25

여관주인과 시종으로 변장한 줄리아가 들어오다.

여관주인 어, 젊은이, 침울해 보이네.

대체 왜 그러는 거지?

줄리아 어머나, 아저씨, 전 즐거울 일이 없거든요.

여관주인 가세, 기분을 풀어줄게. 음악도 들을 수 있고,

자네가 찾는 사람도 만날 수 있는 곳으로 안내할게.   30

줄리아 그분의 음성을 들을 수 있을까요?

여관주인 물론이지.

줄리아 그분의 음성이 제겐 음악이 될 거예요.

전주곡이 시작된다.

여관주인 자, 들어보게! 들어봐!

35 **줄리아** 이 사람들 중에 그분도 있나요?

여관주인 그럼. 조용히, 들어보게.

노래

실비아는 대체 누구지? 모든 젊은
연인들이 칭찬하는 그녀는 누구지?
성스럽고, 아름답고, 현명한 그녀.
40 하늘이 그런 미덕을 주셔서
흠모의 대상이 된 걸 거야.

그녀는 아름답듯이 상냥한가?
아름다움에는 상냥함이 따라오니까.
사랑의 신은 자신의 눈멂을 치유하려고
45 그녀의 두 눈을 찾아가네.
그런데, 치유되니까, 아예 거기서 살고 있네.

자, 실비아를 위해 노래합시다.
실비아는 월등히 뛰어나니까.
따분한 이 지상에 살고 있는
50 누구보다도 뛰어나지.
그녀에게 화환을 바칩시다.

여관주인 아까보다 더 시무룩해 보이잖아? 어찌된 일이야, 젊은이?

음악이 마음에 들지 않나 봐.

줄리아 그게 아니에요. 연주자들이 저를 마음에 안 들어 해요.

여관주인 젊은이, 어째서 그렇지? 55

줄리아 신경 써서 연주를 하지 않거든요.

여관주인 무슨 소리야? 악기를 제대로 연주하지 못한단 말인가?

줄리아 그게 아닙니다. 단지 신경을 써서 연주하지 않는다는 거예요.

그런데 오히려 제 마음은 애절해지네요.

여관주인 귀가 참 예민하군.

줄리아 네, 차라리 귀머거리였으면 좋겠어요. 음악 때문에 마음이 무거워 60

지거든요.

여관주인 연주를 별로 좋아하지 않는 것 같군.

줄리아 이렇게 귀에 거슬릴 땐, 안 좋아합니다.

여관주인 들어보게, 변주 부분은 훌륭한데!

줄리아 네, 그런데 마음의 상처를 줘요.

여관주인 저 사람들이 항상 한 가지 곡만 연주하기를 원하나? 65

줄리아 네, 항상 한 가지 곡[46]만을 연주해줬으면 좋겠어요.

그런데 아저씨, 프로테우스라는 분은

이 아가씨를 자주 찾아오나요?

여관주인 그분의 하인, 랜스가 그러는데, 아가씨를 굉장히 사랑하고

있대. 70

---

46. 남녀 관계의 암시가 들어있는 것으로 해석할 수 있다. 여기서 '한 가지 곡'은 서로
한 사람에게만 충실해야 함을 암시한다고 볼 수 있다.

줄리아 랜스는 어디 있죠?

여관주인 개를 찾으러 갔지. 내일 아가씨에게 선물로 주려고, 그 개를 꼭 데리고 있으라고, 그의 쥔님이 명령을 내렸거든.

음악을 멈춘다.

줄리아 조용, 숨어요. 인제 헤어지려 하네요.

연주자들은 물러나고, 여관주인은 앉는다.

75 **프로테우스** 서리오, 걱정하지 마오. 내가 통사정을 해보리다. 약삭빠르게 짜낸 나의 작전이 정말 훌륭했다고 칭찬하실 거예요.

서리오 어디서 만나겠소?

프로테우스 성 그레고리 우물에서요.

서리오 안녕히 가시오.

서리오와 연주자들 퇴장

실비아 위쪽에 나타나다.

프로테우스 아가씨, 안녕하세요.

실비아 여러분들. 음악을 들려주어 정말 감사합니다.

80 　 　지금 말한 분이 누구시죠?

프로테우스 아가씨, 그 사람의 순수하고 진실한 마음을 안다면, 목소리만으로도 누군지 즉각 알아채실 텐데요.

실비아 프로테우스 님 같은데요.

프로테우스 맞습니다. 당신의 하인인 프로테우스입니다.

실비아 무슨 용무로 오셨죠?[47]

프로테우스 당신의 마음을 얻으러 왔습니다.   85

실비아 그건 당신이 원하는 바고요. 제가 원하는 건 당신이

당장 집으로 돌아가 잠자리에 드시는 거예요.

교활하고, 허위에 가득차고, 거짓되고, 부정한 당신이

알랑거림으로 나를 유혹할 수 있다고 생각하는 거예요? 당신은

나를 아주 얄팍하고 생각이 전혀 없다고 여기는가 봅니다.   90

알랑거림과 거짓 맹세로 당신은 정말 많은 여자들을 속여왔어요.

돌아가세요, 제발. 당신의 애인한테 돌아가세요.

파리한 밤의 여왕에 맹세합니다만, 저는요,

당신의 청을 받아들이기는커녕,

못된 청원을 하는 당신을 경멸한답니다.   95

지금 이렇게 당신과 말하고 있는 것조차

자책감이 듭니다.

프로테우스 아가씨, 저는 한때 한 아가씨를 사랑했습니다.

하지만 지금은 죽었어요.

줄리아 [방백] 내가 입만 열면, 거짓이라는 게 탄로날 텐데.

확실히 그녀는 매장되지 않았어.   100

실비아 그녀가 죽었다고 칩시다. 하지만, 당신이 증인을 섰던 제가 약혼한

---

47. 여기서 'will'을 '용무'로 해석했지만, 셰익스피어 시대에는 '성적 욕망'이라는 의
미가 깔려 있었다 한다.

당신의 친구, 발렌타인은 분명히 살아 있어요.

그런데도 이렇게 성가시게 졸라대니,

그를 욕되게 하는 게 부끄럽지 않으세요?

105 **프로테우스** 발렌타인도 역시 죽었다고 들었습니다.

실비아 그러면 저도 죽었다고 생각하세요. 그의 무덤 속에

제 사랑도 함께 매장된 게 확실하니까요.

프로테우스 아가씨, 무덤에서 갈퀴로 아가씨 사랑을 파내겠습니다.

실비아 당신 애인의 무덤에 가서, 거기서 애인을 불러내세요,

110 아니면, 최소한, 그녀의 무덤에 당신의 사랑을 매장이라도 하세요.

줄리아 [방백] 저 말은 안 들릴 거야.

프로테우스 아가씨의 마음이 그렇게 완강하고 냉혹하다면,

사랑에 빠진 저를 위하여 아가씨의 초상화라도 주십시오,

아가씨 방에 걸려 있는 초상화 말이에요.

115 초상화를 보고 말을 하고, 한숨을 쉬고 눈물을 흘릴 겁니다.

아가씨 자신을 온전히 다른 사람에게 바쳤다 하니,

저는 그림자에 지나지 않는군요. 그래도 저는 당신의

그림자를 진정으로 사랑할 겁니다.

줄리아 [방백] 그게 사람이라 해도, 분명 당신은 속여 먹고 말걸.

120 그러고 나선 지금의 나처럼 그림자로 만들어버리겠지.

실비아 전 당신의 우상이 되는 게 정말 싫어요. 하지만 거짓으로

가득 찬 당신이 그림자를 숭배하고 거짓된 형상들을

경배하는 건 정말 딱 어울리네요. 아침에 사람을 보내세요.

그러면 그 편에 그걸 보내드릴게요. 그럼, 안녕히 가세요.

퇴장

프로테우스 아침에 사형 집행을 기다리는　　　　　　125
비참한 죄수 모양 하룻밤을 보내겠네.

퇴장

줄리아 아저씨, 가실까요?

여관주인 맙소사, 깜빡 잠이 들었었네.

줄리아 그런데, 프로테우스 님은 어디서 머물고 있죠?

여관주인 사실은, 우리 집에서 머물고 있네. 벌써 거의 동틀 시간이　　130
되었나 봐.

줄리아 아직 아니에요. 제가 지새운 밤 중 제일 길고,
가장 지루한 밤이에요.

두 사람 퇴장

3장

에글래머 등장

에글래머 지금이 실비아 아가씨께서 마음을 털어놓을 일이 있으니
나한테 와달라고 부탁했던 시간이네.
나와 의논하고 싶은 중대한 문제가 있는 모양이야.
아가씨, 아가씨!

실비아 위쪽에 등장

실비아 누구시죠?
에글래머 당신의 충복이자 친구입니다.
5   아가씨의 명을 받고 왔소.
실비아 에글래머 님, 정말, 정말. 정말, 좋은 아침이네요.
에글래머 아가씨에게도 정말, 정말, 정말, 좋은 아침이기를.
아가씨의 부름을 받고, 이렇게 일찍 기쁜 마음으로 왔답니다.
아가씨가 저에게 분부하실 용무가
10   무엇인가 알고 싶어서죠.
실비아 오 에글래머, 당신은 정말 신사예요.
제가 아첨한다고 생각지 마세요. 맹세합니다만, 그렇진 않거든요.
당신은 용감하고, 분별력 있고, 동정심도 많고, 정말 모든 것을
갖추셨어요.

당신은 제가 얼마나 추방당한 발렌타인을 갈망하고

있는지를 모르지 않잖아요. 저희 아버님이 15

제가 정말 싫어하는, 어리석은 서리오와

억지로 결혼시키려 한다는 것 또한 모르시지 않고요.

게다가 당신께선 사랑에 빠진 경험까지 있으세요. 당신이 이렇게

말하는 것을 들은 적이 있어요. 어떤 슬픔도 당신이 사랑하는 여인이

죽었을 때만큼, 당신 가슴에 절절히 와 닿은 적은 없다고. 20

그녀의 무덤에 순수하게 정절을 지키겠다고 맹세했다고.

에글래머 님, 전 발렌타인을 찾아가고 싶습니다.

만튜아에 그가 머물고 있다는 소문을 들었거든요.

그런데, 도중의 길이 위험하니까,

신뢰하고 존경하는 당신에게 저와 25

동행해주실 것을 부탁드리는 겁니다.

에글래머 님, 아버지의 노여움을 내세워 설득하려

하지 마세요. 정말 끔찍한 결혼을 막기 위해서는,

이곳으로부터 제가 도주하는 게 마땅합니다.

저의 슬픔, 한 연인의 슬픔만 생각해주세요. 30

그런 결혼은 하늘과 운명이 재앙으로 보복한다고 하네요.

저와 동행하여 함께 가줄 것을,

바다의 모래만큼이나 슬픔으로 가득 찬

마음으로 간절히 부탁드립니다.

싫으시면, 말씀드렸던 것을 없던 것으로 하고, 35

혼자서 용감히 떠나겠습니다.

에글래머 아가씨, 당신이 고통스러워 하니 제 마음이 정말

아픕니다. 고통이란 고결함에서 비롯되니,

같이 동행하도록 하겠습니다.

⁴⁰ 저한테 무슨 일이 일어나든 개의치 않겠습니다.

오직 아가씨의 행운을 빌 뿐입니다.

언제 떠나시겠습니까?

실비아 오늘 저녁에요.

에글래머 어디에서 만날까요?

⁴⁵ **실비아** 패트리크 수사의 암자에서요. 거기서 성스럽게 고해성사를 하려고

합니다.

에글래머 거기서 만나 뵙겠습니다.

안녕히 계십시오, 아가씨.

실비아 그럼 안녕히. 친절하신 에글래머 님.

퇴장

4장

[개와 함께] 랜스 등장

랜스 [개를 가리키면서] 애완견인 주제에 똥개처럼 굴면, 음, 이익될 게 하
나도 없지. 이놈의 개는 새끼 때부터 키웠답니다. 한번은 물에 빠
져 죽을 뻔했는데 제가 구해냈어요. 세 마린지 네 마린지 되는 이
놈의 눈 먼 형제들과 자매들은 그때 물에 빠져 죽었답니다. '개란
이렇게 가르쳐야 해' 사람들이 말하듯이, 이놈을 그렇게 가르쳤답   5
니다. 쥔님이 이놈을 실비아 아가씨에게 선물로 전하라고 저를 보
냈어요. 그런데 식당에 들어서자마자, 이놈이 저를 밟고 아가씨
접시로 달려가 닭다리를 훔쳤답니다. 맙소사, 사람들이 있는 곳에
서 개가 개답게 굴지 못하면, 그건 정말 모욕적이지요.[48] 전, 누가
뭐라 해도, 스스로 자신을 개라고 생각하는 그런 개를 갖고 싶습   10
니다. 말하자면, 모든 상황을 잘 판단하는 그런 개 말입니다. 개도
내가 똑똑지 못해서, 그놈이 자기가 한 짓을 나한테 뒤집어씌우면,
그놈을 목매달아 죽여야 해요. 정말. 그놈은 혼이 나야 해요. 여러

---

48. '모욕적이다'는 'foul'이라는 단어를 번역한 것이다. 셰익스피어는 여기서 'foul'을
pun으로 사용하고 있기 때문에 위의 문장은 이중의 뜻을 가진다. 'foul'은 가금류
인 'fowl'과 동일한 발음이기 때문에 'foul'을 'fowl'이라 생각할 수 있기 때문이다.
'foul'을 'fowl'이라 받아들이면, 위의 문장인 '사람들이 있는 곳에서 개가 개답게
굴지 못하면, 그건 정말 모욕적이야'를 '사람들이 있어도, 닭만 있으면, 똥개는 식
욕을 억제할 수 없답니다.'라는 의미로도 해석할 수 있다.

분들, 판단해주세요. 글쎄, 그놈이 공작의 식탁 아래 서너 마리의
점잖은 개들 속으로 내가 그놈을 밀어 넣게 만들었어요. 죄송합니
다, 막 오줌을 싸놓고는 그놈은 이미 그 자리에서 사라져버렸어요.
온 방안에 지린내가 진동했지요. '개를 죽여버려,' 하고 누군가 말
하자, '어떤 똥개야?'하고 누군가가 끼어들고, '그걸 흠씬 때려줘'
라고 세 번째가 말하자, 공작께서 '목매달아'라고 명령하셨답니
다. 전부터 그 냄새에 익숙했던 난 크랩이 그 짓을 했다는 걸 금방
알아챘지요. 그래도 개들을 때리는 놈에게 달려가, '친구, 내 개를
때리려고 하는 거야?'라고 대들었어요. 그러자 '그래, 맞아,'라고
그놈이 응수했어요. '그러면 개한테 너무 심하게 하는 거야. 자네
가 알고 있는 짓은 내가 한 거야.'라고 내가 말하자, 더 이상 야단
법석을 떨지 못하게, 나를 때려 방에서 내쫓아버렸어요. 자신의
하인이 한 짓 때문에 이런 꼴을 당하는 주인이 몇이나 될까요?[49]
저놈이 훔친 푸딩 때문에 족쇄를 찬 적도 있었어요. 그렇게 안 했
더라면, 그놈은 죽음을 면치 못했을 거예요. 그놈이 물어 죽였던
거위들 때문에, 목에 칼을 찬적도 있었지요. 그렇게 안 했더라면,
그놈은 톡톡히 혼났을 거예요. [자기 개한테] 지금 넌 그런 것들이 조

49. 여기서 크랩이 랜스를 배신한 것을 통해 프로테우스가 레이디 줄리아를 배신한 것
을 암시한다. 그러한 암시를 받는 것은 '하인'이라는 단어에 의해서이다. 궁정 사
랑은 남자 연인과 레이디의 사랑을 전제로 한다. 남자 연인은 레이디를 향한 사랑
으로 자기 자신 전체를 바친다. 남자 연인은 레이디에 대한 사랑으로 고통을 당하
며, 그로 인해 성장하게 된다.『베로나의 두 신사』는 희극의 세계이기 때문에 전복
적 상황이 벌어진다. 개가 주인을 배신하고 남자 연인인 프로테우스가 레이디 줄리
아를 배신한다.

금도 생각나지 않는 것 같네. 맞아, 실비아 아가씨와 내가 작별할
때, 네가 나를 골탕 먹였던 게 생각난다. 조용히 내가 하는 말을 30
잘 듣고, 내가 하는 대로 하라고 하지 않았냐? 언제 내가 한 쪽 다
리를 들고 아가씨의 치마에 대고 오줌을 갈기라고 했냐? 내가 그
런 짓을 하는 걸 언제 본 적이 있냐?

프로테우스와 세바스찬으로 변장한 줄리아 등장

프로테우스 이름이 세바스찬이라 했지? 네가 정말 마음에 들어,
당장 너를 고용해 일을 시켜야겠다.

줄리아 원하시는 건 뭐든지 성심껏 하겠습니다. 35

프로테우스 좋아. [랜스에게] 어떻게 된 거냐, 이 후레자식 같은 놈아,
이틀씩이나 어디를 어슬렁거리고 다닌 거야?

랜스 맙소사, 쥔님이 분부하신 대로, 실비아 아가씨한테 개를 갖다드렸어요.

프로테우스 아가씨가 내 귀여운 보물에게 뭐라고 했냐?

랜스 어, 똥개라고 했어요. 그리고 퉁명스럽게 고맙다고 했어요! 40
그리고 그따위 선물엔 그렇게 하는 게 당연하다고 하셨지요.

프로테우스 그런데 아가씨가 내 개를 받긴 했냐?

랜스 아니요, 사실은 안 받았어요. 그래서 여기로 다시 끌고 왔어요.

프로테우스 저런, 아가씨에게 이놈을 내가 보냈다고 했느냐? [크랩을 가리킨다.]

랜스 네. 사실은, 사형 집행인의 낯짝을 한 애새끼들이 시장에서 다람쥐 45
같은
개[50]를 저한테서 훔쳐갔거든요. 그래서 쥔님 개보다
열 배나 큰 제 개를 아가씨에게 갖다드렸답니다.

그러니까 선물이 엄청 커진 셈이죠.

프로테우스 어서 가서, 내 개를 다시 찾아 오거라,

50   만약 찾지 못하면, 다시는 내 눈앞에 얼씬대지도 마.

꺼져버려, 제발! 꾸물대면서 나를 짜증나게 하려는 거냐?

랜스 퇴장

종놈이 되가지고 계속 나를 부끄럽게 만들다니!

세바스찬, 자네를 고용한 건

영리하게 내 일을 처리해줄 수 있는

55   그런 청년이 필요했기 때문이네.

저 멍청한 저 녀석을 도대체 난 믿을 수 없거든.

내 육감이 틀리지 않는다면,

자네 얼굴과 거동으로 보아, 자네는

부유하고 좋은 집안에서 착실하게 자란 게 틀림없어.

60   그래서, 자네를 고용한 거네.

자, 이 반지를 가지고 가서

실비아 아가씨에게 전달해주게.

이 반지를 내게 준 그녀는 나를 정말 사랑했었지.

줄리아 그녀의 정표와 헤어지는 것으로 보니, 이제 쥔님은 그 아가씨를

사랑하지 않으시는가 봐요. 아니면 혹시 돌아가셨나요?

65 **프로테우스** 아니. 살아 있을 거야.

줄리아 아아!

---

50. 다람쥐는 랜스가 작은 개를 무시해서 하는 표현이다.

프로테우스 왜 '아야'라고 소리 지르니?

줄리아 그 아가씨가 불쌍해서요.

프로테우스 왜 그 아가씨가 불쌍하지?

줄리아 왜냐하면요, 주인님이 실비아 아가씨를 사랑하는 것 못지않게   70
그 아가씨가 주인님을 사랑하는 것 같아서요. 그 아가씨는 자기를
완전히 잊어버린 쥔님을 아직도 그리워하고 계실 거예요. 주인님을
거들떠보지도 않는 실비아 아가씨를 주인님이 미친 듯 사랑하고
있는 것처럼 말이에요. 사랑이란 그렇게 엇나가야만 하니 정말
유감이네요. 그런 생각을 하니까 '아야'하고 탄식이 나온 거예요.   75

프로테우스 자, 아가씨에게 이 반지와 이 편지를 전해줘.
저기가 아가씨 방이야. [위를 가리킨다.]
천상의 초상화를 주겠다던 약속을 지키시라고 전해라.
일을 끝내면, 곧장 서둘러 내 방으로 오거라.
그곳에서 난 슬픔에 잠겨 홀로 있을 거다.   80

퇴장

줄리아 이런 심부름을 하는 여자가 몇이나 있을까?
아아, 불쌍한 프로테우스, 당신은 양들을 돌볼 양치기로
여우를 고용한 거예요.
아아, 바보 같으니라고, 정말로 나를 싫어하는 사람을
왜 내가 동정을 하고 있는 거지?   85
실비아를 사랑하기 때문에, 그 사람은 나를 싫어하는 거고,
나는 그 사람을 사랑하기 때문에, 동정할 수밖에 없는 거야.

그와 이별할 때, 내가 이 반지를 줬었지,

나의 열렬한 사랑을 기억하게 하기 위해서였어.

90 이제, 나, 불행한 심부름꾼은,

들고 오고 싶지 않은 것을 달라고 애원해야 하고,

들고 가지 않겠다고 거절했어야 할 것들을 가져가서,

욕을 해줘도 시원찮은 분을 성실하다고 칭찬해야만 하다니.

그런데 사실 명실공히 내가 주인님의 확고부동한 진짜 애인이야.

95 그러니까 거짓 가면을 쓰지 않으면,

주인님께 성실하게 하인 노릇을 할 수 없어.

어쨌든 난 주인님을 위해 구애할 거야. 그렇지만,

성사되지 않도록 냉정하게 해야지. 하늘도 알고 있어.

하녀들과 함께 실비아 등장

아가씨, 안녕하세요. 실비아 아가씨와

100 이야기할 수 있는 곳으로 저를 안내해주셨으면 합니다.

실비아 만약 내가 그녀라면, 용무가 뭐지?

줄리아 그러시다면, 인내심을 가지시고 제가 가져온 메시지를

들어주셨으면 합니다.

실비아 누가 보냈는데?

105 **줄리아** 제 주인이신 프로테우스 님이요.

실비아 아하, 초상화 때문에 자네를 보냈군.

줄리아 네, 맞습니다.

실비아 어슐러, 거기 있는 내 초상화를 이리로 가져오너라.

하녀들 중 하나가 초상화를 가져온다.

자, 네 쥔님에게 이것을 갖다드려. 그리고
이렇게 말을 전달해줘. 변심했기 때문에 그의 마음에서 사라진 110
줄리아란 분이 이 초상화보다 그분의 방에 훨씬 잘 어울릴 거라고.

줄리아 아가씨, 이 편지를 읽어보세요.

편지를 준다.

죄송합니다, 아가씨, 드려선
안 될 편지를 실수로 생각 없이 드렸네요.

첫 번째 편지를 빼앗고, 다른 편지를 준다.

이 편지가 아가씨 편지입니다. 115

실비아 제발 그 편지를 다시 좀 보게 해줘.

줄리아 그럴 수 없습니다. 아가씨, 죄송합니다.

실비아 거기, 잠깐!

두 번째 편지를 돌려주려 한다. 줄리아가 받기를 거부한다.

네 주인의 편지를 안 읽을 거야.
그 편지는 아마도 약속들로 꽉 차있고, 새로 생각해낸 120
맹세들로 가득 차 있을 거야. 이렇게 내가 편지를 쉽게 찢는 것처럼,

편지를 찢는다.

네 주인은 그 맹세들을 쉽게 깨버릴 거야.

줄리아 아가씨, 주인님께서 이 반지를 보냈습니다.

실비아 이걸 나한테 보내다니 수치심도 없다.

125   줄리아와 작별할 때, 그녀가 이 반지를 그에게 줬다는 이야기를

수도 없이 했었거든.

그의 거짓된 손가락은 이 반지를 더럽혔지만,

내 손가락은 줄리아에게 그런 부당한 짓은 안 할 거야.

줄리아 아가씨에게 감사하다고 하네요.

130 **실비아** 뭐라고?

줄리아 아가씨께서 동정심을 보이시니 감사드리고 싶다고요.

불쌍한 여자, 제 주인님은 그 여자에게 정말, 정말 잘못했거든요.

실비아 그 여자를 알고 있나 봐?

줄리아 네, 거의 제 자신처럼 잘 알아요.

135   그녀의 불행을 생각하면서,

저는 수백 번 울었답니다.

실비아 그녀는 프로테우스가 자기를 버렸다고 생각하나 봐?

줄리아 그런 것 같아요, 그래서 슬퍼하는 거지요.

실비아 그녀는 굉장히 예쁘지 않니?

140 **줄리아** 예뻐요, 아가씨, 예전엔 지금보다 더 예뻤었어요.

쥔님이 그녀를 정말 사랑했을 때,

그때는 아가씨만큼 예뻤어요.

그런데 거울도 쳐다보지 않고

햇볕을 가려주는 마스크도 벗어던지고 나서는

그녀의 뺨에 장밋빛들이 바람 때문에 시들어버렸고, ₁₄₅

그녀의 백합 같던 얼굴도 초췌해졌답니다.

그래서 지금의 저처럼 까매졌어요.

실비아 키는 얼마나 크니?

줄리아 거의 저만 해요. 오순절[51]에

기쁨의 수레무대에 우리가 연극을 올릴 때 ₁₅₀

청년부에서 저에게 여자 역할을 맡겼답니다.

그때 줄리아 아가씨의 가운을 의상으로 입었어요.

사람들이 마치 저를 위해 맞춘 듯이,

그 가운이 저한테 꼭 맞는다고 했어요.

그래서 제 키와 아가씨의 키가 같다는 걸 알게 됐습니다. ₁₅₅

그때 제가 아가씨를 정말 많이 울렸답니다.

슬픈 역을 제가 맡았었거든요.

테세우스의 거짓말과 부당한 도주 때문에

격렬하게 슬퍼했던 아리아드네[52] 역할을 맡았답니다. 눈물을 흘리면서

---

51. 오순절을 성령강림절이라 하며 이 기간 동안 축제를 벌인다. 이 축제기간 동안 연극을 공연한다.

52. 아테네의 왕자 테세우스는 미궁에 살고 있는 괴물 미노타우로스를 죽이려고 제물로 위장하여 크레타 섬에 간다. 크레타의 왕 미노스와 파시파에의 딸 아리아드네는 그를 보고 첫눈에 반해, 미노타우로스를 없앨 수 있는 칼과 붉은 실타래를 주어 미궁에서 쉽게 빠져나올 수 있도록 도와준다. 테세우스는 그녀의 도움으로 무사히 미궁에서 탈출하였음에도 불구하고, 그녀가 낙소스 섬에서 잠든 사이 그녀를 버리고 떠난다.

아주 생생하게 제가 그 역할을 연기를 했습니다.

제 연기에 감동을 받아, 우리 불쌍한 아가씨께서는

정말 슬프게 우셨답니다.

우리 아가씨의 그런 슬픔을 마음으로 느끼지 못한다면, 죽는 게 더

　나아요.

실비아 젊은이, 아가씨는 자네에게 빚을 지고 있군.

165 아아, 불쌍한 아가씨, 버림받아 혼자 남았으니!

자네의 말을 듣고 있으니 나까지 눈물이 난다.

젊은이, 여기 수고 값이 있네. 자네가 아가씨를 사랑하니까

이걸 자네에게 주는 거야.

잘 가게.

하녀들과 함께 퇴장

170 **줄리아** 혹시 아가씨가 줄리아를 만나게 되면, 그녀는 이 일에 감사함을

표시하지 않을 수 없지. 온화하고 아름답고, 덕스러운 아가씨!

아가씨께서 내 사랑을 정말 소중히 여기시니까,

우리 주인님은 구애를 해도 찬밥 신세를 못 면하겠네.

아아, 어떻게 사랑이 이렇게 하찮을 수 있지!

175 그녀의 초상화네. 어디 한번 보자.

나도 저런 머리장식을 한다면, 내 얼굴도 이 얼굴만큼

정말 사랑스러울 거야.

게다가 내가 나 자신에게 너무 아첨 떤 게 아니라면.

화가가 그녀에게 아첨을 좀 했네.

그녀의 머리칼은 갈색이고, 내 머리칼은 완전 노랑이야.   180
그것 때문에 그의 사랑이 변한 거라면,
나도 그런 빛깔의 가발을 써야겠다.
그녀의 눈은 유리처럼 푸른 진주 회색빛이고, 내 눈도 그래.
아아, 그런데 그녀의 이마는 답답해. 하지만, 내 이마는 훤하지.
도대체 그 사람은 그녀의 어떤 점을 높이 사는 거지?   185
이 바보 같은 사랑의 신이 눈이 멀지 않았다면,
나도 꽤 평가받을 만한데.
덤벼, 그림자야, 덤벼. 도전장을 받아라.

초상화를 바라본다.

내가 네 연적이다. 오 너 아무 감각 없는 형상아,
네가 숭배의 대상으로, 입맞춤을, 사랑을, 찬미를 받게 될 거라니!   190
그이가 분별력을 가지고 우상숭배를 한다면, 살아있는 내가
너 대신 우상이 돼야 해. 아가씨를 위해 난 친절히 너를 대할 거야.
아가씨가 나한테 친절히 대해줬으니까.
그렇지 않았다면, 주피터에게 맹세하지만,
너한테 내 쥔님이 정나미가 떨어지게 하기 위해서   195
뜨고 있지만 아무것도 못 보는 너의 눈들을 지워버렸을 거야.

퇴장

5막

1장

에글래머 등장

에글래머 태양이 서쪽 하늘을 금빛으로 물들이기 시작하는구나.

바로 지금이 실비아 아가씨가 패트리크 암자에서 나를

만나기로 한 시간이네. 그녀는 약속을 꼭 지킬 거야.

연인들은 시간을 어기지 않거든.

5 약속시간 전에 오곤 하지.

연인들은 갈 길을 몹시 서두르니까.

실비아 등장

저기 오시네. 아가씨, 안녕하십니까!

실비아 아멘, 아멘. 자 착한 에글래머 님, 수도원

담장의 뒷문으로 해서 밖으로 나가요.

10 누가 미행할까 봐 걱정되거든요.

에글래머 걱정하지 마십시오. 숲까지는 3 리그[53]도 채 안 남았습니다.

거기에만 도착하면, 우리는 정말 안전합니다.

퇴장

---

53. 9마일.

2장

서리오, 프로테우스 그리고 줄리아[세바스찬으로 변장한] 등장

서리오 프로테우스, 실비아 아가씨가 내가 청혼한 것에 대해
뭐라고 하던가요?

프로테우스 전보다 훨씬 부드러워졌지만, 아직도 당신을 못마땅해 하고 있소.

서리오 뭐라고요? 내 다리가 너무 길다 하던가요?

프로테우스 아니오, 너무 가늘다고 하던데요.   5

서리오 그럼, 장화를 신어야겠소. 좀 더 굵어 보이라고.

줄리아 [방백] 그래봤자 싫어하는 상대에게 사랑의 박차를 가하진 않을 텐데.

서리오 내 얼굴에 대해선 뭐라고 하던가요?

프로테우스 피부가 희다고 하더군요.

서리오 아닌데. 버릇 없는 아가씨가 거짓말을 하네. 내 얼굴은 검은 편이오.   10

프로테우스 그런데 진주는 하얗잖소. 이런 속담이 있소. '검은 남자는 어여쁜
여자 눈에 진주다.'

줄리아 [방백] 맞아, 아가씨들 눈을 괴롭히는 그런 진주[54]지.
난 그것들을 쳐다보기보다 차라리 눈 감아버릴 거야.

서리오 내 말에 대해선 뭐라고 하던가요?   15

프로테우스 별로라고 하던데요, 특히 전쟁에 대해 얘기할 때는.

서리오 그러면 사랑과 평화에 대해 얘기할 때는, 괜찮다고 생각하는군요.

---

54. 백내장을 진주(pearls)라고 했었다.

줄리아 [방백] 사실, 입 다물고 있을 때, 제일 괜찮다고 생각하시지.

서리오 용기에 대해서는 뭐라고 하던가요?

20 **프로테우스** 조금도 의심하지 않더군요.

줄리아 [방백] 그럴 필요가 없으시겠지. 비겁하다는 걸 잘 알고 계시니까.

서리오 내 태생에 대해는 뭐라고 하던가요?

프로테우스 좋은 가문 출신이라고 하더군요.

줄리아 [방백] 맞아, 신사가문에서 광대가 나왔으니.

25 **서리오** 내 재산에 대해서는 어떻게 생각하던가요?

프로테우스 아아. 안됐다고 하더군요.

서리오 왜 그렇답니까?

줄리아 [방백] 저런, 바보가 재산을 갖고 있으니 그렇지.

프로테우스 전부 세를 놓으셨으니까.

공작 등장

줄리아 공작님이 오십니다.

30 **공작** 자, 프로테우스 경, 서리오 경,

최근에 에글래머 경을 본 적이 있나?

서리오 전 못 봤습니다.

프로테우스 저도 못 봤습니다.

공작 내 딸을 본 적은 있나?

프로테우스 역시 못 보았습니다.

공작 그렇다면 파렴치한 발렌타인에게로 도망쳤군,

그리고 에글래머 경과 동행했군.

분명해, 로렌스 수사가 고행 중 숲속을 헤매며 ³⁵
돌아다닐 때, 그 둘을 만났다니까. 수사는 에글래머 경을 확실히
알아봤다네. 그리고 여자애는 내 딸 같았다는 거야.
그런데 자신 없어 했어, 가면을 쓰고 있었다는군.
게다가, 딸애가 오늘 저녁 패트리크 암자에서 고해성사를
하기로 했었는데, 거기에 오지 않았다고 하더군. ⁴⁰
이런 말들로 미루어 보아, 딸애가 이곳에서 도망간 게
분명해. 그러니까, 제발, 여기 서서 말만하지 말고
서둘러 말에 오르게. 두 사람이 도망 간 산기슭의
둔덕에서 나와 만나세.
그 둔덕을 쫓아가면, 만토바가 된다네. ⁴⁵
여보게들, 서둘러 나를 따라오게.

퇴장

서리오 저런, 참, 고집 센 아가씨로군.
행운이 그녀를 따르는데, 행운을 피해 도망가다니.
뒤쫓아 가야지. 무모한 실비아를 사랑해서라기보다,
그녀와 동행한 에글래머에게 복수하기 위해서지. ⁵⁰

퇴장

프로테우스 나도 뒤쫓아 가야지. 그 동행한 에글래머를
증오해서가 아니라. 실비아를 사랑하기 때문이지.

줄리아 나도 쫓아갈 거야, 사랑 때문에 도망친 실비아 아가씨를 증오해서가 아니라, 저이의 사랑을 방해하기 위해서지.

퇴장

3장

실비아와 추방자들 등장

추방자1 자, 자, 진정하세요.

우리 대장님께 아가씨를 끌고 가야만 합니다.

실비아 이런 불운보다 천 배 이상 더한 불운을 겪었기 때문에,

이런 상황을 참을성 있게 견디어내는 법을 익혔답니다.

추방자2 자, 끌고 가.   5

추방자1 같이 있었던 신사분은 어디 갔나?

추방자3 워낙 발이 빨라, 도망쳐버렸어.

모세와 발레리우스가 쫓고 있는 중이야.

숲의 서쪽 끝으로 이 아가씨를 끌고 가게.

그곳에 우리 대장님이 계시니까. 우리는 도망친 자를 쫓을 걸세.   10

빽빽이 덤불이 둘러싸여 있어, 도망갈 수 없을 거야.

추방자1과 실비아를 제외한 모든 사람 퇴장

추방자1 자, 우리 대장님이 계신 동굴로 가십시다.

걱정할 필요 없습니다. 우리 대장님은 고결한 마음을 지니셔서,

여자를 마구 대하지는 않습니다.

실비아 오 발렌타인, 당신을 위해서 참을 거예요!

4장

발렌타인 등장

발렌타인 사람의 경우 습관이 습성이 되나 봐!

이젠, 번화하고 붐비는 도시보다, 이 그늘져 어두컴컴한

불모지인, 인적이 드문 숲 속이 훨씬 더 견딜 만해.

어떤 누구에게도 눈에 띄지 않은 채, 여기 홀로 앉아 있을 수 있거든.

5   소쩍새의 슬픈 가락에 맞춰 내 고통을 노래하고

슬픔을 적어둘 수도 있어.

오 내 가슴 속에 살고 있는 당신,

너무 오래 동안 집을 비우지 마오,

집이 점점 폐허가 되어 무너져내려

10   과거의 기억이 사라지면 어떡하지!

실비아, 내 앞에 나타나주오.

다정한 요정이여, 당신의 쓸쓸한 연인을 즐겁게 해주오.

소리 지르면서 싸우는 소리가 안에서 들린다.

저 고함소리, 저 소동, 도대체 무슨 일이지?

하고 싶은 대로 행동하는 것을 보니 내 동료들이군.

15   지금 운 나쁜 나그네를 추격하고 있나 봐.

그들은 나를 무척 좋아하지. 그런데 저들이 무례한 짓거리를

하지 못하게 제동을 걸기는 쉽지 않아.

자, 발렌타인, 물러 서. 저기 누가 오는 거야?

옆으로 비켜선다.

프로테우스, 실비아 그리고 세바스찬으로 변장한 줄리아 등장

프로테우스 아가씨, 당신 하인이 한 것만큼도 고마워하지 않지만,

소인은 당신에게 이렇게 충성한답니다.   20

목숨을 걸고 당신의 정절과 사랑을 강요했던

놈으로부터 목숨을 걸고 당신을 구출해냈습니다.

그 수고에 대한 대가로 제발 아름다운 눈길을 한 번만 주십시오.

이보다 더 형편없는 호의를 나한테 베풀라고 애걸할 수도 없고,

이보다 더 형편없는 호의를 아가씨가 나한테 베풀 수도 없잖아요.   25

발렌타인 [방백] 꼭 꿈같네, 보일 뿐만 아니라 들리기도 하네!

사랑의 신이시여, 잠시 저에게 인내심을 주세요!

실비아 아 비참해, 난 정말 불행해!

프로테우스 아가씨는 불행했었죠, 제가 나타나기 전까지는.

허나 제가 나타났기 때문에 아가씨는 행복해졌어요.   30

실비아 당신이 지분대서, 전 정말 불행해요.

줄리아 [방백으로] 나도 불행해. 그이가 아가씨에게 지분거릴 땐.

실비아 굶주린 사자에게 잡아먹혀,

그 야수의 아침밥이 되었던 게 나았을 거예요.

가증스러운 프로테우스 님에게 구출되느니.   35

오 하늘이여, 발렌타인을 내가 얼마나
사랑하고 있는지를 판단해주옵소서!
그분의 생명은 제 영혼만큼 소중하답니다.
전 정말 싫어요, 거짓되고, 진실성 없는 프로테우스 님이.
40   더 이상 지분대지 말고, 떠나주세요.

프로테우스   한 번의 다정한 눈길을 위해서라면, 하지 못할 행동이 어디
있겠습니까? 죽을 수 있을 정도로 위험하다 해도!
오, 이건 사랑의 저주예요! 사랑해주는 남자를 여자가
사랑할 수 없는 걸로 여전히 입증되지요.

45   **실비아**   프로테우스 님은 사랑받고 있어요. 그런데 그 사랑해주는 여자를
사랑할 수 없네요.
첫사랑인, 줄리아의 마음을 읽어보세요.
다정한 그녀를 위해 당신은 진심으로 천 번이나
맹세를 했었어요. 그런데 저를 사랑하기 위해.
그 모든 맹세들을 거짓으로 만들어버렸어요,
50   두 개의 진심을 가지고 있지 않다면, 이제 당신에게 진심은 하나도
남아있지 않아요. 그런데 진심이 둘이라는 건, 하나도 없는 것보다
훨씬 더 나빠요. 두 개의 진심보다는 하나도 없는 게 훨씬 낫거든요.
두 개의 진심은 벅차답니다. 당신의 진정한 친구를 속이다니!

프로테우스   사랑에 빠졌는데, 누가 친구를 생각해요?

실비아   프로테우스 님을 제외한 모든 남자들은 그래요.

55   **프로테우스**   천만에요. 신사답게 감동적인 달콤한 말로 당신을 양순하게
바꿔놓을 수 없다면, 군인처럼 끝이 뾰족한 칼끝으로 구애할 거요.
사랑의 본질에 어긋나는 강제적 방법으로 사랑할 수밖에 없으니까요.

실비아 오 하느님!

프로테우스 폭력을 써서라도, 당신을 굴복시켜 내 욕정을 채울 거요.

그녀를 덮친다.

발렌타인 [앞으로 나온다.]

약당 같으니라고! 야만스럽고 무례한 손을 치우게.　　　60

형편없이 나쁜 친구 같으니라고!

프로테우스 발렌타인!

발렌타인 자네는 사랑도 신의도 없는, 별 볼일 없는 친구야!

그런 게 요즘 친구지. 배신자 같으니라고, 자네 때문에

내 희망이 좌절됐어! 내 눈으로 목격하지 않았다면　　　65

어떤 말로도 난 믿지 않았을 거야. 지금 나에겐 한 명의 친구도

　살아있다고

말할 용기가 없네! 자네가 나를 그렇게 못 믿게 만들었단 말이야.

오른손이 자기 가슴에다 위증하는 판인데, 대체 누구를 믿어야 하지?

프로테우스, 유감이야, 내가 자네를 절대 믿지 않게 되었으니 말일세.

뿐만 아니라 세상 전체를 불신하게 되었네.　　　70

개인적으로 상처가 너무 깊어. 정말, 지금이 가장 저주받은 순간이네!

모든 적들 중에서, 친구가 가장 나쁜 적이라니!

프로테우스 수치스럽고 죄스러워 몸 둘 바를 모르겠군.

나를 용서하게, 발렌타인. 가슴까지 저리는 슬픔이

내 죄를 속죄하기에 충분하다면,　　　75

내 눈물을 바치겠네. 죄를 저지른 것 못지않게,

난 지금 고통을 당하고 있네.

발렌타인 그러면 됐네. 다시 자네를 신실한 친구로 받아들이겠네.

회개를 하는데도 받아들이지 않는다면, 하늘과 땅의 이치가 아니거든.

80 하늘도 땅도 회개를 모두 기뻐하니까.

회개를 하면 '신의 영원한 분노'도 진정된다고 하지.

내 사랑은 너그러울 뿐만 아니라 열려있으니,

실비아에게 바친 나의 모든 사랑을 자네에게 주겠네.

줄리아 아 난 정말 불행해 ─ [기절한다.]

프로테우스 시동 좀 보살펴주게.

발렌타인 얘야, 무슨 일이냐?

85 이런, 장난꾸러기! 어찌 된 거냐? 무슨 일이야? 눈 뜨고, 이야기해봐.

줄리아 오 나리, 제 쥔님이 실비아 아가씨에게 반지를 전하라고 명령을

하셨는데, 제가 게을러 아직 전달하지 못했답니다.

프로테우스 얘야, 반지는 어디 있니?

줄리아 [반지를 내민다.] 여기 있습니다. 이겁니다.

프로테우스 어떻게 된 거지? 한번 보자.

90 저런, 이건 줄리아에게 내가 줬던 반지인데.

줄리아 제발, 용서해주세요, 쥔님. 제가 실수했어요.

이게 쥔님이 실비아 아가씨에게 보냈던 반지예요.

다른 반지를 내놓는다.

프로테우스 그런데 어떻게 이 반지를 네가 갖게 됐니? 작별할 때 내가 이걸

줄리아에게 줬었는데.

줄리아 줄리아가 제게 줬거든요.

변장한 옷을 벗고 그녀의 진짜 모습을 드러낸다.

줄리아 자신이 이걸 이곳으로 가져왔어요.

프로테우스 어떻게 된 거야? 줄리아!

줄리아 당신의 모든 맹세의 표적이었던 이 여자를 보세요.

이 여자는 그 맹세들을 마음 속 깊이 간직하고 있답니다.

당신은 얼마나 자주 거짓으로 그녀의 마음 밑바닥까지 갈기갈기   100

찢어놓았던지!

오 프로테우스. 얼굴이 빨개졌네요.

사랑을 위해 변장하는 게 수치라면,

이렇게 내가 볼품없는 옷을 입고 있으니[55]

당신은 정말 창피하겠네요!

말을 아낄게요. 남자들의 변심에 비하면   105

여자들이 변장하는 건 별 흠이 안 돼요.

프로테우스 남자들의 변심에 비한다면? 그건 사실이야. 오, 하느님, 남자들이

절조만 지킨다면, 완벽할 텐데! 하나의 결점이 남자를 결점 투성이로

만들 뿐만 아니라, 죄란 죄는 다 짓게 만들지. 무절제한 남자는,

사랑을 고백도 하기 전에, 이미 마음이 딴 곳에 가 있어.   110

지조의 눈으로 줄리아의 얼굴에서 볼 수 없는 더 매력적인 무엇이

실비아 얼굴에 있는 거지?

---

55. 여자인 줄리아가 남장했기 때문. 당시는 소년 배우가 여자 역할을 했기 때문에 사실은 변장한 게 아니다.

발렌타인 가세, 가세, 둘이 손을 잡게.

둘이 행복하게 결합하니 나도 행복하네.

115 우리 두 친구가 숙원의 적이라면, 유감이었을 거야.

프로테우스 하늘이여, 지켜봐 주세요. 내 소원이 영원히 이루어지도록.

줄리아 저도요.

공작, 서리오, 추방자들 등장

추방자들 횡재했군, 횡재했어, 횡재!

발렌타인 거기 서! 내 명령이다! 그만둬! 나의 전하이신 공작님이셔.

총애를 잃고 추방당한 발렌타인이옵니다.

전하를 환영합니다,

120 **공작** 발렌타인 경!

서리오 저기 실비아가 있네. 실비아는 내 거야.

발렌타인 서리오, 물러서게. 아니면, 죽음을 각오하게.

내 분노가 도를 넘어 폭발할 수도 있으니까.

실비아를 자네 것이라 하지 말게. 다시 그러면,

125 자네를 베로나에 발을 들여놓지 못하게 할 걸세. 여기 그녀가 있네.

손을 대서 그녀를 자네 것으로 만들어보게,

아니면 용기를 내서 말이라도 걸어보시든지.

서리오 발렌타인 경, 난 그녀를 좋아하지 않네.

자기를 사랑하지 않는 여자 때문에

130 위험을 무릅쓰는 사람을 나는 바보라 생각하네.

그녀를 내 거라 주장하지 않겠네. 그러니까 자네 걸세.

공작 내 딸애에게 그렇게 공을 쌓더니

하찮은 조건을 내걸자 그녀를 버려버리다니.

자네는 정말 형편없고 야비하군.

발렌타인, 자 우리 조상의 명예를 걸고, 135

자네의 고귀한 정신에 박수를 보내네,

자네는 공주인 내 딸의 사랑을 받을 만하네.

이제 우리는 이전의 모든 슬픔들을 잊고, 모든 유감스러운

감정을 죄다 씻어버리세. 자네의 추방을 취소하는 건 물론,

견줄 데 없는 자네의 공로를 인정하여 자네의 새로운 지위를 140

이렇게 선언하겠네. 발렌타인 경, 자네는 좋은 가문에서 태어난

신사이다.

실비아는 자네 것이니 데리고 가게.

자네는 그럴 만한 가치가 있으니까.

발렌타인 전하 감사합니다. 따님을 선물로 주시니 행복합니다.

따님을 위해서 한 번의 호의를 베풀어 145

주십사고 전하께 간청합니다.

공작 자네를 위해서라면 무엇이든 베풀겠네.

발렌타인 여기 저와 함께 지내고 있는 추방자들은

고귀한 자질들을 지닌 사람들입니다.

그들이 이곳에서 저질렀던 죄들을 용서해주시고, 150

그들을 추방에서 풀려나게 해주십시오.

전하, 그들은 개심했습니다. 그들은 정중할 뿐만 아니라,

정말 선량하여 앞으로 크게 이바지할 겁니다.

공작 알겠네. 저들과 자네를 용서하겠네.

155 그들의 장점을 자네가 알고 있으니 장점에 따라 그들에게

자리를 배치해주게. 자, 가세. 모든 불화를 끝맺기 위해,

유쾌한 축제를 벌이세. 여흥과 특별 축제 행사를 치르세.

발렌타인 가면서, 전하께서 미소 지을 이야기를

감히 올리겠습니다.

160 전하, 이 시동에 대해 어떻게 생각하시는지요?

공작 품위가 있군. 얼굴이 빨개지네.

발렌타인 전하, 남자애에게선 볼 수 없는 우아함이 있죠.

공작 무슨 뜻인가?

발렌타인 가면서 말씀드리겠습니다, 전하께서

165 무슨 일인가 궁금해 하실 테니까요.

가세, 프로테우스, 자네의 사랑이야기를 털어놓으려고 하네.

듣는 것만으로도 자네는 속죄하는 걸세.

이야기가 끝나면, 우리 결혼 날짜와 자네의 결혼 날짜를 같은

날로 정하세. 축제도 하나, 집도 하나, 서로의 행복도 하나.

모두 퇴장

작[*]품설명

1. 저작 연대와 『베로나의 두 신사』

『베로나의 두 신사』는 윌리엄 셰익스피어에 의해 1589년과 1592년 사이에 쓰였다고 추정된다. 이 작품은 셰익스피어가 쓴 첫 희극이라고 주장하는 학자들도 있고, 『실수연발』과 『말괄량이 길들이기』 사이에 쓴 희극이라 주장하는 학자들도 있다. 분명한 사실은 셰익스피어가 희곡작가로 경력을 쌓기 시작한 지 얼마 되지 않아서 이 작품을 썼다는 것이다. 그러한 이유 때문인지 이 작품에서는 여러 곳에서 모순과 불일치 등 미흡한 점들이 발견된다. 예를 들면, 주요 액션이 벌어지는 장소가 베로나인지 밀란인지 밀란 외곽인지가 불분명하며, 실비아의 아버지의 직위가

---

* 작품 해설은 *The Riverside Shakespeare: The Two Gentlemen of Verona*. Boston: Houghton Mifflin Co, 1974의 Anne Barton의 "Introduction"과 *The Arden Shakespeare: The Two Gentlemen of Verona*. Ed. William C. Carroll. London: Bloomsbury, 2004의 "Introduction," *The New Cambridge Shakespeare: The Two Gentlemen of Verona*. Ed. Kurt Schlueter. Cambridge: Cambridge UP의 "Introduction", 그리고 Wikipedia를 참고하여 필자의 관점에서 이루어졌다.

공작인지 황제인지도 분명하지 않다. 게다가, 단지 희극적 재미를 위해 플롯 전개에 꼭 필요하지 않은 '랜스와 개 장면'을 삽입하는가 하면, 언어 사용도 연극적 언어보다 서사나 서정적 운문을 많이 사용한다. 이러한 약점들 때문에, 이 작품은 셰익스피어 희곡 중에서 평가를 가장 못 받을 뿐만 아니라, 인기도 없고 공연도 거의 되지 않는다. 그럼에도 불구하고, 뛰어난 시적 표현들이 만들어내는 '섬세한 서정적 매력'을 지니고 있으며, 광대 랜스와 개 크랩이 연출하는 탁월한 희극적 장면과 더불어『좋으실 대로』, 『십이야』 등 셰익스피어의 대표 희곡에서나 만날 수 있는 로잘린드와 올리비아에 버금가는 매력적인 여성인물들인 줄리아와 실비아로『베로나의 두 신사』는 스스로 자신을 자랑하고 있다.

2. 신사수련, 우정 그리고 사랑

대부분의 학자들은『베로나의 두 신사』의 플롯은 우정과 사랑의 모티프를 중심으로 전개된다는 견해를 피력한다. 본 해설에서는 우정과 사랑의 모티프와 더불어 신사 수련의 모티프도 들어 있다는 입장에서『베로나의 두 신사』읽기를 시도하고자 한다.

『베로나의 두 신사』의 주요 액션들은 베로나, 밀란, 그리고 장소가 분명하지 않은 밀란 근처의 어떤 숲에서 벌어지며, 그 액션들의 중심에 발렌타인, 프로테우스, 실비아 그리고 줄리아가 있다. 남자주인공인 발렌타인과 프로테우스의 베로나에서 밀란으로의 여행은 16세기 후반부터 유행하기 시작한 어린 귀족자제들의 교육을 위한 여행인 '그랜드 투어(Grand Tour)'[1]의 일환이다. 『베로나의 두 신사』는 바로 이 '그랜드 투

---

1. 16세기에 휴머니즘이 도입되면서 영국에서는 젊은 학자들을 중심으로 자랑스러운

어'의 모티프 그리고 사랑과 우정의 모티프로 작품을 열고 있다.

1막 1장은 주요 남성 등장인물인 프로테우스와 발렌타인의 이별 장면으로 시작한다. '그랜드 투어'를 목적으로 베로나에서 밀란으로 떠나야 하는 발렌타인은 그의 친한 친구 프로테우스와의 헤어짐을 몹시 아쉬워한다. 반면, 줄리아와 사랑에 빠져있던 프로테우스는 '그랜드 투어'에 별다른 관심이 없었으나, '그랜드 투어'를 보내려는 아버지 안토니오의 뜻을 거스르지 못한다. 왜냐하면, 베로나에서 아버지의 법은 절대적이며 개인의 감정보다 집안의 명예가 중요시되기 때문이다. 베로나에서 남자가 여자를 사랑하게 되면 남성들 간의 우정은 힘을 잃게 되지만, 아버지의 법을 무력화시킬 수는 없다.

이처럼 베로나 출신의 발렌타인과 프로테우스는 16세기 후반부터 영국 등 유럽에서 유행하기 시작한 귀족자제들 교육의 일환인 '그랜드 투어'를 위해 밀란²으로 떠난다. 발렌타인과 프로테우스가 여행의 목적

내 나라를 좀 더 알기 위한 '문화 유산답사'가 유행하게 된다. 귀족이나 젠트리처럼 여유 있는 사람들은 몇 주, 몇 달, 아니 몇 년씩 개인적 흥미에 따라 영국에 곳곳으로 여행을 다닌다. 그러나 이들은 국내 여행에 만족지 않는다. '더 멀리 갈수록 더 많이 보고 알게 된다'라는 르네상스 모토에 따라 그들의 어린 자제들을 프랑스와 이탈리아 등으로 보내 외국어와 세련된 취향을 배워오게 한다. 당시의 귀족 자제들은 여행을 통해 새로운 세계, 그리고 문화를 접하면서 개인으로서의 능력계발과 더불어 세계적인 교양인이 되는 것을 목표로 삼는다.

2. 1535년에 스포르차가가 단손 되면서 밀란 공국은 신성로마제국의 카를 5세에 의해 에스파냐의 필리프 2세에게 활양된다. 『베로나의 두 신사』의 남자 주인공들이 '그랜드 투어'의 일환으로 방문한 밀란은 에스파냐 통치를 받던 밀란이 아니라, 15세기 스포르차가 전성기를 구가했던 밀란 공국이다. 스포르차 지배하에 밀란 공국과 그의 궁정은 르네상스의 중심지로 경제, 문화적 번영의 전성기를 구가했으며, 레오나르도

지로 삼은 밀란은 15세기에 르네상스 문화를 꽃피웠던 곳이다. 발렌타인과 프로테우스가 머물 밀란 궁정은 귀족자제의 신사 수련을 위한 제 조건들을 갖추고 있다. 이곳의 궁정인들은 공적 능력을 갖춘 동시에 개인적으로 뛰어난 감수성과 더불어 이성적 판단력을 갖추고 있다. 궁정인들의 공적 능력과 개인적인 내적 능력은 절대적 권력을 가진 공작, 귀부인(공작 영애)[3] 그리고 궁정인들로 구성된 궁정사회에서 키워지고 성장된다. 신사 수련을 목적으로 밀란으로 보내진 발렌타인과 프로테우스에게 밀란의 궁정은 그들을 신사로 키워낼 모든 여건을 이처럼 갖추고 있다. 밀란의 궁정인들처럼 이들은 공작으로부터 사회적 직분을 부여받아 자신 속의 공적 능력을 계발시킬 수 있는 기회와 더불어, 귀부인인 공작 영애와의 사랑을 통해 내적 능력을 성장시킬 수 있는 기회를 갖게 된 것이다.

밀란에서 공작의 법은 절대적이다. 공작의 법이 절대적인 밀란에서 공작 영애의 사회적 중요도는 베로나에서 줄리아의 사회적 중요도와는 차원이 다르다. 발렌타인은 베로나에서는 사랑에 관심이 전혀 없었지만, 밀란에서는 도착하자마자 사랑에 빠진다. 발렌타인이 이처럼 사랑에 빠

다빈치나 브라만테 같은 당대의 천재들도 그들의 후원하에 있었다.
3. 궁정식 사랑은 기본적으로 주종관계를 모델로 한다. 섬김의 대상이 주군에서 주군의 부인인 귀부인이 된다. 남자 연인의 봉사에 대한 귀부인의 보상은 쳐다봐주는 것, 들어주는 것, 대꾸해주는 것, 포옹해주거나 키스해주는 것, 불확실하지만 육체적 결합의 형태로 나타난다. 그러나 이러한 보상이 쉽게 얻어지는 것은 아니며, 육체적 결합은 실현되기 힘든 매우 위험한 것이다. 남자 연인은 귀부인과의 사랑을 성공시키기 위해 귀부인이 원하는 것은 무엇이든 용감하고 고귀하게 행함으로써 자신을 귀부인의 사랑을 얻을 수 있을 정도로 훌륭하게 내적으로 성장시킨다. 요컨대, 궁정식 사랑의 주체는 귀부인이 아니라 남자연인이다.

진 데는 영애의 사회적 중요도가 작용했을 것이다. 사랑의 성격으로 보아, 발렌타인은 단지 여자로서 실비아를 사랑한 것이 아니라 귀부인으로서 실비아를 사랑한 것이다. 그러한 사실은 발렌타인이 겪는 사랑의 과정에서 잘 드러나고 있다. 발렌타인이 겪는 사랑의 과정은 궁정식 사랑의 연인이 겪는 과정과 거의 유사하다(2.4. 120-35). 그러나 궁정식 사랑과는 다른 점이 발견된다. 발렌타인과 실비아의 사랑은 육체적 결합으로 이루어지는 것이 아니라 편지로 이루어진다는 것이다. 공작 영애 실비아는 편지 대필이라는 간접 수단을 이용하여 발렌타인을 마침내 연인으로 받아들이는데, 이것은 궁정 사랑의 마지막 단계인 두 연인의 육체적 결합의 변형이 아닌가 생각된다. 그런데 그것마저도, 공작 아버지라는 장애물이 그들의 사랑을 이루어지지 못하게 방해한다.

공작의 법은 밀란에서 절대적이다. 절대적 권력을 가진 공작은 단지 재산이 많다는 이유로 딸을 바보 같은 서리오와 결혼시키려 한다. 그것은 공작의 권력 유지에 필수적인 재력을 서리오가 가지고 있기 때문이다. 따라서 공작은 실비아가 다른 남자와 사랑하는 것을 허용할 수 없다. 공작은 겉으로 실비아에게 신랑감을 선택할 수 있는 재량권을 주는 것같이 행동하지만, 현실적으로 딸을 서리오와 결혼시키려는 의지가 확고하기 때문에, 딸에게 사랑에 관한 한 어떤 재량권도 줄 수 없다. 이러한 여건하에서, 실비아가 사랑을 한다면 몰래 할 수 밖에 없다. 이 두 연인들은 자신들의 사랑을 성공적으로 이끌기 위해 도주를 계획한다. 그러나 도주 계획은 친구 프로테우스의 배신으로 좌절될 뿐만 아니라, 남자 연인인 발렌타인을 법에 따라 궁정에서 추방당하게까지 한다. 그에게 추방이란 신사 수련의 기회를 완전히 빼앗기는 것이다. 공적 능력을 계발할 수 있는 기회를 빼앗기는 것일 뿐만 아니라, 내적 성장의 기회도 빼앗는 것이다. 친구 프로테우스는 이처럼 발렌타인의 신사수련을 위한 공적 능력 개발의 기회와 내적 성장의 기회를 결정적으로 방해한다.

발렌타인과 마찬가지로, 프로테우스도 신사 수련을 위해서는 공작의 사회적 인정과 실비아와의 사랑이 꼭 필요하다. 그러나 프로테우스보다 먼저 밀란에 온 발렌타인이 이 둘 모두를 선점하고 있었기 때문에, 프로테우스의 신사 수련을 위한 욕망은 왜곡되고 이기적으로 작동된다. 프로테우스는 공작에게 인정받기 위해, 친구 발렌타인과의 우정을 기꺼이 버릴 뿐만 아니라 실비아의 사랑을 얻기 위해, 베로나에서 반지를 두고 정절을 맹세했던 줄리아와의 사랑도 기꺼이 포기한다(2.6. 18-19). 프로테우스는 이처럼 우정과 사랑을 기꺼이 버릴 뿐만 아니라 발렌타인의 실비아와의 도주 계획을 공작에게 기꺼이 일러바치기까지 한다. 프로테우스는 인간으로서 해서는 안 되는 배신의 행동들을 거리낌 없이 행함으로써, 공작에게 인정을 받게 됨과 동시에 경쟁자인 친구 발렌타인을 제거하게 된다. 이러한 행동을 통해 프로테우스는 공적 능력을 계발할 수 있는 완벽한 여건을 마련한다. 그러나 그에게 내적 능력을 성장케 하는 원동력인 공작 영애 실비아와의 사랑의 기회가 주어지지 않는다. 이는 공작 영애가 프로테우스에게 전혀 관심을 보이지 않기 때문이다. 실비아를 향한 욕망이 이처럼 좌절되자, 프로테우스는 실비아를 자신을 것으로 만들기 위해 폭력까지 불사한다.

우리는 여기서 발렌타인과 프로테우스의 우정, 프로테우스와 줄리아의 사랑, 그리고 발렌타인과 실비아의 사랑을 왜 이런 식으로 설정하고 있는지를 생각해볼 필요가 있다. 앤 바튼 교수의 견해대로 『베로나의 두 신사』에서 사랑과 우정은 이상적인 것과 거리가 멀다. 우리는 스피드와 랜스의 사랑에 대한 반어적 익살을 통해 밀란에서의 발렌타인과 프로테우스의 사랑이 매우 현실적일 수 있음을 암시받는다. 다시 말해, 발렌타인은 실비아를 낭만적으로 사랑하고 있는 것이 아님을, 신사 수련이라는 현실적인 목적을 위한 것임을 생각하게 한다. 발렌타인이 실비아의 요청으로 편지를 대필해주는 장면이 있다. 발렌타인은 그 대필 편지가 자기 자신을 위한 것이라는 것을 생각하지 못한다. 그것을 깨닫게 해주는 것은 그의 하인 스피드이다. 그가 이처럼 둔감한 것은, 발렌타인은 진실로 실비아를 사랑을 하고 있지 않기 때문이다. 현실적 목적을 위해 사랑을 사랑하면서 꿈속을 헤매고 있기 때문이다. 프로테우스의 경우도 마찬가지이다. 그의 하인 랜스와 개와의 관계를 통해 프로테우스는 이기적 욕망으로 가득한 사랑할 줄 모르는 인간임이 반어적으로 암시된다. 이미 언급했듯이, 프로테우스는 밀란에 도착하자마자 베로나에 두고 온 애인 줄리아를 헌 신짝 버리듯 버리고, 공작 영애 실비아를 친구 발렌타인에게서 빼앗으려고 한다. 그는 그것도 뜻대로 안 되자, 밀란 외곽지인 무법지대에서 폭력으로 공작 영애를 범하려고 하는, 인간이기를 포기하는 행동까지 서슴없이 자행한다.

『베로나의 두 신사』에서의 남자들 간의 우정은 사랑과 마찬가지로 이상과는 거리가 멀다. 남자들의 우정은 진정성이 결여된 표면적 관계로 그려진다. 스피드와 랜스가 벌이는 익살 장면에서 그것이 잘 나타난다. 랜스는 익살을 질질 끌면서 주인이 호출하여 빨리 갔었어야 하는 스피드를 곤경에 빠뜨린다. 그 사실을 알고 있음에도 불구하고 랜스는 야비하게 마지막 순간까지 알려주지 않는다. 스피드가 급히 서둘러 주인에게 달려가는 것을 보면서, 랜스는 그가 혼날 것을 생각하면서 내심 고소해한다. 이들의 우정과 발렌타인과 프로테우스의 우정은 어느 점에서 닮았지만, 마지막 장면이 연출하는 발렌타인과 프로테우스의 우정은 이들 광대들의 그것보다 더욱 우스꽝스럽다. 자신의 애인을 범하려 했던 프로테우스를 발렌타인은 쉽게 용서해줄 뿐만 아니라, 애인까지 선물로 주려하기 때문이다. 이와 같은 발렌타인의 행동을 어떻게 해석해야 할까? 커트 슐레터(Kurt Schlueter)는 발렌타인의 이러한 행동을 순수하게 희극적 효과를 위한 것이라고 해석한다. 슐레터가 말하는 희극적 효과는 구체적으로 무엇을 말하는 것일까? 그것은 아마도 우정을 희화화시키고 풍자하여 파생된 희극적 효과로 인한 관객의 씁쓸한 웃음일 것이다.

3. 밀란 외곽의 무법지대 — 남성들의 이기심과 여성들의 성숙한 인격

3막 1장에서 발렌타인은 프로테우스의 배신으로 죽음 아니면 추방을 택할 수밖에 없는 상황에 처한다. 발렌타인은 공작의 영애 실비아를 사랑했기 때문에 이러한 상황에 처하게 되었음에도 불구하고, 『로미오와 줄리엣』의 로미오처럼 위험을 감수하는 어떤 행동도 하지 않는다. 요컨대, 실비아와의 어떤 극적인 이별장면도 연출하지 않을 뿐만 아니라 어떤 위험한 상황도 자초하지 않는다. 단지 비애에 젖어 사랑을 노래하는 것이 전부이다. 발렌타인은 순순히 추방의 길을 떠난다. 그는 밀란의 외곽지역에서 만난 추방자들에 의해 운 좋게 그들의 두목으로 추대된다. 추방자들에게 섬김을 받으며 한가롭고 안정된 추방자의 생활을 하면서, 자기연민의 감정을 즐기고 있음을 5막 4장을 여는 그의 독백이 말해준다.

사람의 경우 습관이 습성이 되어버리지!
이젠, 번화하고 붐비는 도시보다, 이 그늘져 어두컴컴한
불모지인, 인적이 드문 숲속이 훨씬 견딜 만해.
어떤 누구에게도 눈에 띄지 않은 채, 여기 홀로 앉아 있을 수 있거든.
소쩍새의 슬픈 가락에 맞춰 내 고통을 노래하고
슬픔을 적어둘 수도 있어. (V.iv. 1-6)

이처럼, 추앙받는 추방자들의 두목인 발렌타인은 자기연민에 사로잡혀 시간을 보내고 있다. 발렌타인이 머물고 있는 밀란 외곽지대로 프로테우스, 밀란의 공작, 실비아와의 결혼을 꿈꾸는 서리오 등 『베로나의 두 신사』의 주요 등장인물들이 모여들게 된다. 이곳은 더 이상 밀란의 법이 통하지 않는 무법지대이다. 요컨대, 이곳에서 이들은 더 이상 신사, 궁정인으로 행동하지 않아도 된다. 따라서, 귀부인들은 귀부인 대접을 받지 못한다. 실비아는 위험을 마다않고 사랑을 위해 이곳으로 발렌타인을 찾아오지만, 그녀는 더 이상 귀부인으로 섬김을 받지 못한다. 귀부인으로 섬겨지기는커녕, 실비아는 프로테우스에게 성적 욕망을 채우기 위한 대상으로 전락하며, 공작과 발렌타인에겐 선물로 줄 수 있는 소유물이 된다.

반면, 여주인공인 줄리아와 실비아는 관례와 아버지의 법이 지배하는 밀란을 벗어나면서 자기연민에 빠진 이기적인 남자들과는 대조적인 모습으로 나타난다. 무법지대에서의 실비아는 밀란에서 귀부인으로서의 소극적이었던 모습과는 다르다. 그녀는 행동적이며 적극적이다. 실비아를 행동적이며 적극적으로 만든 것은 그녀의 인격에서 나온 결단력과 판

단력이다. 이와 같은 적극성과 온전함은 베로나에서 밀란으로 프로테우스를 찾아 남장을 하고 나선 줄리아에게서도 발견된다. 실비아와 줄리아는 발렌타인이나 프로테우스처럼 우정을 내세우는 친구 사이가 아님에도 불구하고, 서로를 존중할 뿐만 아니라 상대를 배려한다. 아이러니한 것은 남자 주인공들이 신사 수련을 받듯, 이들은 귀부인 수련을 받지 않았음에도 불구하고 발렌타인이나 프로테우스보다 인격적으로 훨씬 성숙할 뿐만 아니라, 신뢰를 바탕으로 한 인간관계를 구축할 줄 안다는 것이다. 『베로나의 두 신사』는 무법지대에서 두 여주인공과 공작, 발렌타인과 프로테우스 등의 남성 사회를 병행시킴으로써 당대의 사회와 신사 수련의 허상을 폭로하면서 우정의 하찮음을 통쾌하게 풍자한다.

■ 참고문헌

Barton, Anne. "Introduction." *The Two Gentlemen of Verona*. *The Riverside Shakespeare*.
    Ed. G. Blackmore Evans. Boston: Houghton Muffin Co., 1974. 143-46.
Caroll, William C. "Introduction." *The Two Gentlemen of Verona: The Arden Shakespeare*.
    Ed. William C. Carroll. London: Bloomsbury, 2004. 1-130.
Schlueter, Kurt. "Introduction." *The Two Gentlemen of Verona: The New Cambridge*
    Shakespeare. Ed. Kurt Schlueter. Cambridge: Cambridge UP, 2012. 1-61.
"Courtly Love". Wikipedia, the free encyclopedia.
"*The Two Gentlemen of Verona*". Wikipedia, the free encyclopedia.
「그랜드 투어」. 위키백과, 우리 모두의 백과사전.
김재남. 「베로나의 두 신사」. 『셰익스피어 전집』 제3 개정판. 을지서적, 1995.
설혜심. 『그랜드 투어』. 웅진출판사, 2013.
신정옥 역. 『베로나의 두 신사』. 셰익스피어 전집 18. 전예원, 2010.
한국셰익스피어학회. 『셰익스피어 연극 사전』. 도서출판 동인, 2005.

셰익스피어 생애 및 작품 연보

셰익스피어의 생애와 작품의 집필연대 중 일부는 비교적 정확히 기록되어 있는 자료에 의존할 수 있지만, 대부분은 막연한 자료와 기록의 부족으로 그 시기를 추정할 수밖에 없으며, 특히 작품 연보의 경우 학자들에 따라 순서나 시기에 차이가 있음을 밝힌다.

1564 잉글랜드 중부 소읍 스트랫포드 어폰 에이번Stratford-upon-Avon 출생(4월 23일). 가죽 가공과 장갑 제조업 등 상공업에 종사하면서 마을 유지가 되어 1568년에는 읍장에 해당하는 직high bailiff을 지낸 경력이 있는 존 셰익스피어와, 인근 마을의 부농 출신으로 어느 정도 재산을 상속받은 메리 아든Mary Arden 사이에서 셋째로 출생. 유복한 가정의 아들로 유년시절을 보냄.

1571 마을의 문법학교Grammar School에 입학했을 것으로 추정.

1578 문법학교를 졸업했을 것으로 추정. 졸업 무렵 부친 존은 세금도 내지 못하고 집을 담보로 40파운드 빚을 냄.

1579 부친 존이 아내가 상속받은 소유지와 집을 팔 정도로 가세가 갑자기 어려워짐.

1582 18세에 부농 집안의 딸로 8년 연상인 26세의 앤 해서웨이 Anne Hathaway와 결혼(11월 27일 결혼 허가 기록).

1583 결혼 후 6개월 만에 맏딸 수잔나Susanna 탄생(5월 26일 세례 기록).

1585 아들 햄넷Hamnet과 딸 쥬디스Judith(이란성 쌍둥이) 탄생(2월 2일 세례 기록).

1585~1592	'행방불명 기간'lost years으로 알려진 8년간의 행방에 관한 자료가 거의 없음. 학교 선생, 변호사, 군인, 혹은 선원이 되었을 것으로 다양하게 추측. 대체로 쌍둥이 출생 이후 어떤 시점(1587년)에 식구들을 두고 런던으로 상경하여 극단에 참여, 지방과 런던에서 배우이자 극작가로서 경험을 쌓았을 것으로 추측.
1590~1594	1기(습작기): 주로 사극과 희극 집필.
1590~1591	초기 희극 『베로나의 두 신사』(*The Two Gentlemen of Verona*) 『말괄량이 길들이기』(*The Taming of the Shrew*)
1591	『헨리 6세 2부』(*Henry VI*, Part II)(공저 가능성) 『헨리 6세 3부』(*Henry VI*, Part III)(공저 가능성)
1592	『헨리 6세 1부』(*Henry VI*, Part I)(토머스 내쉬Thomas Nashe 와 공저 추정) 『타이터스 앤드러니커스』(*Titus Andronicus*)(조지 필George Peele과 공동 집필/개작 추정)
1592~1593	『리처드 3세』(*Richard III*)
1592~1594	봄까지 흑사병 때문에 런던의 극장들이 폐쇄됨.
1593	「비너스와 아도니스」(*Venus and Adonis*)(시집)
1594	「루크리스의 강간」(*The Rape of Lucrece*)(시집) 두 시집 모두 자신이 직접 인쇄 작업을 담당했던 것으로 추정되며, 사우샘프턴 백작The third Earl of Southampton에게 헌사하는 형식. 챔벌린 극단Lord Chamberlain's Men의 배우 및 극작가, 주주로 활동.
1593~1603 및 이후	『소네트』(*Sonnets*)

1594	『실수 연발』(*The Comedy of Errors*)
1594~1595	『사랑의 헛수고』(*Love's Labour's Lost*)
1595~1600	2기(성장기): 낭만희극, 희극, 사극, 로마극 등 다양한 장르 집필.
1595~1596	『로미오와 줄리엣』(*Romeo and Juliet*)
	『리처드 2세』(*Richard II*)
	『한여름 밤의 꿈』(*A Midsummer Night's Dream*)
	『존 왕』(*King John*)
1596	아들 햄넷 사망(11세, 8월 11일 매장).
	부친의 가족 문장 사용 신청을 주도하여 허락됨(10월 20일).
1596~1597	『베니스의 상인』(*The Merchant of Venice*)
	『헨리 4세 1부』(*Henry IV*, Part I)
	스트랫포드에 뉴 플레이스 저택Great House of New Place 구입
	(마을에서 두 번째로 큰 저택으로 런던 생활 후 은퇴해서 죽
	을 때까지 그곳에 기거).
1598	벤 존슨Ben Jonson의 희곡 무대에 출연.
1598~1599	『헨리 4세 2부』(*Henry IV*, Part II)
	『헛소동』(*Much Ado About Nothing*)
	『헨리 5세』(*Henry V*)
1599	시어터 극장The Theatre에서 공연하던 셰익스피어의 극단이 땅
	주인의 임대계약 연장을 거부하자 '극장'을 분해하여 템스 강
	남쪽 뱅크사이드 구역으로 옮겨 글로브 극장The Globe을 짓고
	이곳에서 공연. 지분을 투자하여 극장 공동 경영자가 됨.
1599~1600	『줄리어스 시저』(*Julius Caesar*)
	『좋으실 대로』(*As You Like It*)

1601~1608	3기(원숙기): 주로 4대 비극작품이 집필, 공연된 인생의 절정기
1600~1601	『햄릿』(*Hamlet*)
	『윈저의 즐거운 아낙네들』(*The Merry Wives of Windsor*)
	『십이야』(*Twelfth Night*)
1601	「불사조와 거북」(*The Phoenix and the Turtle*)(시집)
	아버지 존 사망(9월 8일 장례).
1601~1602	『트로일러스와 크레시다』(*Troilus and Cressida*)
1603	엘리자베스 여왕 사망(3월 24일). 추밀원이 스코틀랜드의 제임스 6세를 잉글랜드의 제임스 1세로 선포.
	제임스 1세 런던 도착(5월 7일) 후 셰익스피어 극단 명칭이 챔벌린 경의 극단에서 국왕의 후원을 받는 국왕 극단King's Men으로 격상되는 영예(5월 19일).
	제임스 1세 즉위(7월 25일).
1603~1604	『자에는 자로』(*Measure for Measure*)
	『오셀로』(*Othello*)
1605	『끝이 좋으면 모두 좋다』(*All's Well That Ends Well*)
	『아테네의 타이먼』(*Timon of Athens*)(토머스 미들턴Thomas Middleton과 공동작업)
1605~1606	『리어 왕』(*King Lear*)
1606	『맥베스』(*Macbeth*)
	『안토니와 클레오파트라』(*Antony and Cleopatra*)
1607	딸 수잔나, 성공적인 내과의사인 존 홀John Hall과 결혼(6월 5일).
1607~1608	『페리클레스』(*Pericles*)(조지 윌킨스George Wilkins와 공동작업)
	『코리올레이너스』(*Coriolanus*)

1608~1613	제4기: 일련의 희비극 집필.
1608	셰익스피어 극장이 실내 극장인 블랙프라이어스Blackfriars 극장을 동료배우들과 함께 합자하여 임대함(8월 9일).
	어머니 메리 사망(9월 9일 장례).
1609	셰익스피어 극장이 블랙프라이어스 극장 흡수, 글로브 극장과 함께 두 개의 극장 소유.
1609~1610	『심벌린』(Cymbeline)
1610~1611	『겨울 이야기』(The Winter's Tale)
	『태풍』(The Tempest)
1611	고향 스트랫포드로 돌아가 은퇴 추정.
1613	『헨리 8세』(Henry VIII)(존 플레처John Fletcher와 공동작업설)
	『헨리 8세』 공연 도중 글로브 극장 화재로 전소됨(6월 29일).
1613~1614	『두 사촌 귀족』(The Two Noble Kinsmen)(존 플레처와 공동작업)
1614~1616	말년: 주로 고향 스트랫포드의 뉴 플레이스 저택에서 행복하고 평온한 삶 영위.
1616	둘째 딸 쥬디스, 포도주 상인 토마스 퀴니Thomas Quiney와 결혼(2월 10일).
	쥬디스의 상속분을 퀴니가 장악하지 않도록 유언장 수정(3월 25일).
	스트랫포드에서 사망(4월 23일. 성 삼위일체 교회 내에 안장).
1623	『페리클레스』를 제외한 36편의 극작품들이 글로브 극장 시절 동료 배우 존 헤밍John Heminge과 헨리 콘델Henry Condell이 편집한 전집 초판인 제1이절판으로 출판됨.
	아내 앤 해서웨이 사망(8월 6일)

옮긴이 **오경심**
이화여자대학교 영어영문학과 졸업. 동대학원 영어영문학과 석·박사
전, 강원대학교 인문대학 영어영문학과 교수

논문 「르네상스 희곡 연구:『말피의 공작부인』을 중심으로」, 「메타드라마로서『하얀 악마』」「Salome
와 댄디즘」, 「The Importance of Being Earnest에 나타난 글쓰기와 개인주의」, 「Lady
Windermere's Fan 연구: 관례 속에서 자기 창조하기」, 「Ashes to Ashes에 나타난 이야기하기의
다중적 기능」, 「영화기법과 새로운 무대 드라마의 가능성: 해롤드 핀터의 Betrayal을 중심으로」
저서 『서양 극예술의 이해』(공저)『연극의 이해와 실제』(공저)
역서 『오스카 와일드 희곡선집』『해롤드 핀터 전집 9』

베로나의 두 신사

초판 발행일 2016년 5월 20일

옮긴이 오경심
발행인 이성모
발행처 도서출판 동인
주 소 서울시 종로구 혜화로3길 5, 118호
등 록 제1-1599호
TEL (02) 765-7145 / FAX (02) 765-7165
E-mail dongin60@chol.com
ISBN 978-89-5506-714-9
정 가 9,000원

※ 잘못 만들어진 책은 바꿔 드립니다.